I0635276

LA

VILLE EN FEU

3602

8LR 7
26622

IL A ÉTÉ TIRÉ DE CET OUVRAGE :

12 exemplaires sur papier de Hollande.

600 exemplaires sur papier ordinaire.

HIPPOLYTE VERLY

———

LA VILLE EN FEU

SOUVENIRS D'UN CANONNIER DE 1792

———

LILLE
LIBRAIRIE CENTRALE
Grande-Place, 8
——
1889

Le récit que nous offrons ici au public, sous le titre de *La Ville en Feu* est le même, quand au fond, que celui que nous avons autrefois publié comme *Souvenirs d'un Canonnier*. Ce premier essai, qui date de vingt ans, avait été écrit à la hâte et à bâtons rompus, sans plan ni méthode, pour un petit journal qui l'insérait au jour le jour.

L'auteur, sollicité de le faire réimprimer à l'occasion du centenaire de 1789, s'est efforcé d'en atténuer les nombreuses imperfections pour cette édition nouvelle; il le présente aujourd'hui remanié et retouché, mais sans se faire illusion sur le résultat médiocre de son travail. Convaincu que son œuvre, pour devenir à peu près correcte, aurait dû être refaite d'un bout à l'autre, et ne pouvant exécuter un travail aussi important dans le court délai qui lui était imparti, il s'en remet à la bienveillance de ses lecteurs pour lui accorder le bénéfice des circonstances atténuantes.

H. V.

Lille, février 1889.

LA

VILLE EN FEU

————

I

LOUIS FILTIER

Un soir d'automne — en 1850 ou 1851 —
je rentrais chez moi, préoccupé des évènements
politiques, dont on avait beaucoup parlé dans
le cercle d'amis que je venais de quitter, lorsque
j'entrevis, debout, adossé au chambranle de ma
porte, un vieillard portant le costume gris-bleu
des pensionnaires de l'hospice Comtesse.

— Vous ne me remettez point, monsieur
Durand ? me dit-il, quand je fus près de lui.

— Tiens ! c'est vous, Filtier ! quelle diable
de faction faites-vous là ? Vous n'êtes cependant
plus d'âge à monter la garde, et la brume du
soir ne vaut rien pour les vieilles personnes.

— Excusez, monsieur, je vous attendais.

— En ce cas, vous auriez été mieux dedans que dehors. Dépêchez-vous d'entrer, vous prendrez un verre de vin...

Ce bonhomme était pour moi une vieille connaissance. Pendant de longues années, il avait habité une petite maison voisine de la mienne, rue de Fives, à Lille ; il exerçait alors la profession de retordeur de fil à façon — ce qui veut dire qu'il retordait, sur les deux ou trois métiers qu'il possédait, le fil que lui confiaient certains fabricants, et que son bénéfice, à lui, se bornait à la rémunération modique résultant de cette opération. Si mince qu'il fût d'ailleurs, ce revenu lui suffisait, car il vivait seul, ne sortant guère de sa maison et ne fréquentant personne.

Dans le quartier, on ne l'appelait jamais autrement que « Louis Filtier », et peu de ses voisins, connaissaient son vrai nom. Mais tout le monde savait qu'il était d'une bonne famille de la petite bourgeoisie lilloise, qu'il avait éprouvé de grands malheurs ; qu'au temps de la première République, ayant perdu sa jeune femme peu de mois après son mariage, il avait été impitoyablement englobé dans les grandes levées d'hommes, et qu'il n'était rentré dans ses foyers que sous l'Empire, par suite d'une blessure à la jambe, qui l'avait longtemps rendu boiteux. Alors, il avait repris son ancienne profession de retordeur, vivant au jour le jour du produit de son travail, gagnant juste assez pour subvenir à ses propres besoins, payer le salaire de ses deux ouvriers, et nouer, comme on dit, les deux bouts de l'année.

Puis était arrivée la période des perfectionnements et des inventions mécaniques qui bouleversèrent l'industrie ; et Filtier, qui manquait d'argent, n'avait pas été du nombre de ceux qui y trouvèrent la fortune. Il dût se résigner à fermer boutique, à vendre, comme ferraille et bois à brûler, ses vieux métiers devenus inutiles, et à accepter un emploi de chef d'atelier chez un de ses confrères mieux favorisés. Enfin, la vieillesse lui ayant rendu ces fonctions trop pénibles, il lui fallut songer à trouver un asile pour ses derniers jours, et j'avais réussi à lui obtenir une place à l'antique hospice destiné par « la bonne Comtesse » Jeanne de Flandre, aux vieux bourgeois tombés dans l'indigence.

Ces détails me revenaient à la mémoire pendant que je guidais le vieillard dans l'obscurité de mon vestibule.

— Eh bien ! quoi de neuf, Filtier ? lui dis-je après qu'on nous eût apporté de la lumière et que je l'eus fait asseoir à côté de mon bureau.

— Il y a bel âge que je serais venu vous remercier, me répondit-il, si je n'étais tombé malade le lendemain de mon entrée à l'hospice : une gueuse de blessure qui s'est rouverte, rapport à un éclat d'os qui voulait sortir, à ce qu'il paraît. Il y a mis le temps, après quarante ans !

— Et maintenant, ça va à souhait?

— Comme ci, comme ça. La carcasse est encore assez bonne ; mais...

— Mais, quoi ?

— Eh bien ! monsieur Durand, vous qui connaissez tant de monde, si vous pouviez me trouver une petite occupation — j'ai mes journées libres, comme vous savez — histoire de gagner de quoi acheter mon tabac... parce que, voyez-vous, je suis trop malheureux de ne plus pouvoir fumer.

— Bon! vous n'avez pas besoin de vous remettre au travail pour cela, voisin. Venez ici tous les dimanches, on aura soin de votre poche.

Le vieillard rougit et resta un moment silencieux, comme embarrassé.

— Cela ne vous va pas, Filtier?

— Non, répondit-il en hésitant un peu. C'est bien de la bonté de votre part, monsieur, et je vous en suis reconnaissant; mais, voyez-vous, j'aimerais mieux gagner moi-même...

— Compris. Eh bien! il y a moyen de tout concilier. A partir d'aujourd'hui, vous devenez mon factotum. Votre service consistera à venir ici chaque matin à neuf heures. S'il y a des réparations à surveiller, de l'argent à recevoir ou à

porter, n'importe quoi, vous vous en chargerez ;
s'il n'y a rien à faire, vous irez vous promener.
Vos honoraires seront de trente francs par mois,
si cela vous suffit.

Il avait levé brusquement la tête, et me regardait, la bouche à demi-ouverte et les yeux cligno-
tants :

— Bien, fit-il avec effort ; j'ai compris aussi,
moi. Vous êtes un brave homme, monsieur Durand,
et si j'osais...

— Osez, osez, voisin, lui répondis-je en lui
tendant la main, qu'il pressa en silence. Alors,
c'est entendu ? A demain !

Il se leva, acquiesça de la tête, comme si l'é-
motion l'eut empêché de parler, et s'éloigna en
murmurant :

— Oui, oui, à demain... à demain !

A partir de ce moment jusqu'à sa mort, Louis
Filtier n'a pas manqué un seul jour à sa consigne :
il semblait qu'il tînt à honneur de m'en donner
pour mon argent. Il devint promptement un fami-
lier de la maison, un de ces favoris intermédiaires
qui sont au-dessus des domestiques, sans être
tout à fait des commensaux. Chaque matin, il
n'arrivait à mon appartement qu'après une station
préalable à la cuisine, où l'attendait une tasse de
bon café au lait chaud, flanquée d'un petit pain
beurré. Il montait ensuite, et il prenait si bien

son temps qu'il heurtait à ma porte exactement à
neuf heures.

— Pas d'empêchements? criait-il de sa voix
un peu lente.

Je me disais alors, en regardant l'horloge de
l'église voisine : « Bon, voilà Filtier, il est dix
heures ; la tour retarde. » Et il entrait, traînant
après lui sa canne de bois d'épine, attachée à son
poignet par un ruban de cuir.

Louis Filtier était un peu bancal, infirmité
qui résultait autant de ses blessures que de son
ancienne profession de retordeur — laquelle
l'obligeait souvent à tourner lui-même pendant
de longues heures la roue motrice de ses métiers.
Il était de taille moyenne, toujours propre et
soigné ; il avait conservé de son long séjour sous
les drapeaux l'habitude de porter la barbe à la
grenadière : moustache en brosse et favoris
courts de la pommette à l'oreille, ornement rata-
poil qui contrastait avec l'expression naturellement douce et triste de son visage aux yeux
gris. Ce qu'il y avait de très particulier en sa
personne, c'était sa casquette, qui semblait être
partie intégrante de son crâne, une casquette
plate à peu près semblable à celle que portent
les Invalides à Paris ; il ne la quittait jamais,
en public du moins, se bornant, pour saluer, à
en toucher la visière du revers de sa main droite.

De sorte que je n'ai jamais pu savoir s'il lui restait des cheveux ou s'il ne lui en restait point.

Le dimanche, naturellement, il n'était pas question de ses fonctions serviles. Quand il entrait dans ma chambre, je poussais vers lui mon pot à tabac et je le faisais causer pendant que je m'habillais ; c'était alors qu'il me racontait les choses de jadis, les mille évènements dont il avait été témoin, les gloires et les misères de son temps. Je le revois encore dans ma mémoire, fumant sa pipe, les dimanches d'hiver, assis dans mon fauteuil, les pieds sur le cendrier, la canne entre les jambes, la figure brillante ou sombre selon la tournure de ses récits.

Il est un de ces dimanches que Louis Filtier, pendant les années qu'il passa ainsi presque dans ma maison, ne cessa de considérer comme un des jours les plus importants et les plus heureux de sa vie : c'est le 29 septembre 1852.

Ce jour-là, d'accord avec ma famille, j'avais ménagé au vieillard une surprise que je savais devoir lui être agréable, et je me faisais d'avance une joie de l'émotion que j'allais déterminer dans son âme.

Comme d'habitude, au premier coup de neuf heures, j'entendis sa canne battre les marches de mon escalier.

— Pas d'empêchements ?

— Avancez à l'ordre, Filtier !

— Bonjour la compagnie, fit-il en entrant.

Et, sur mon geste d'invitation, il alla s'asseoir sur son fauteuil habituel, à portée de la potiche de Hollande contenant le tabac. Mais cette fois, par extraordinaire, le vase était flanqué d'une bouteille de vin d'Espagne et de deux verres, luxe exceptionnel dont le bonhomme ne manqua pas de s'étonner.

— Mon vieil ami, lui dis-je, aujourd'hui, 29 septembre, nous fêtons le soixantième anniversaire du bombardement de Lille.

Filtier, devenu tout à coup très rouge, resta muet pendant quelques secondes ; puis, appuyant nerveusement ses deux mains sur les bras du fauteuil, il se dressa de toute sa taille, sans s'inquiéter de son rhumatisme, ni de sa canne qui roulait entre ses jambes ; il prit de sa main gauche le verre que je lui tendais, fit de l'autre le salut militaire et s'écria dans une sorte de sanglot :

— Vive la nation !

Il trinqua avec moi d'une main agitée, avala son vin tout d'un trait et se rassit, transfiguré.

— Vous pouvez vous vanter d'avoir fait rudement du plaisir à un ancien, monsieur Durand !

— Tant mieux, Filtier, vous avez eu assez de

misères dans votre vie pour avoir droit à quelques petites compensations. Maintenant, dites-moi, avez-vous aujourd'hui la permission de dix heures?

— Ma foi, non; je ne la demande pas souvent, vous savez !

— Eh bien ! je vais vous donner un billet pour l'économe, afin qu'on vous l'accorde et que vous puissiez dîner, à cinq heures, avec nous.

— Plaît-il ?... S'il vous plaît, qu'est-ce que vous dites ?

Il avait bien compris, le vieux, car il était redevenu tout rouge, ses lèvres tremblaient et ses paupières battaient.

— Excusez, fit-il d'une voix timide ; c'est que ça me fait un drôle d'effet de me dire que je vais dîner avec de gros bourgeois comme vous... Il y a si longtemps, si longtemps que je vis pauvre et tout seul ! Plus de cinquante ans, pensez un peu !...

A cinq heures, Louis Filtier dépliait sa serviette à la table de famille, et je déclare que jamais convive ne me fut plus agréable à traiter que ce vieux brave, débris des grandes armées républicaines. En passant le seuil de la salle à manger, il s'était arrêté, droit, fixe, dans la position réglementaire du soldat sans armes, et il avait exécuté gravement le salut militaire, puis il était entré sans ôter sa casquette, de sorte que j'avais perdu en cette unique occasion et pour jamais l'espoir de m'assurer de l'état de son cuir chevelu. Ce fut là, d'ailleurs, sa seule infraction aux règles de la civilité.

S'il fut heureux, il n'est besoin de le dire : il avait trouvé à qui parler, car un de mes oncles, son contemporain, ex-officier de la marine, dînait aussi avec nous, et c'est à lui que s'adressaient de préférence les politesses du vétéran. C'était réellement un spectacle réjouissant de voir ces deux vieux, la face animée, discutant leurs exploits de naguère, que les enfants, la bouche ouverte et les yeux écarquillés, écoutaient en retenant leur souffle et en oubliant de manger, tandis que les serviteurs entraient et sortaient sans bruit pour ne pas perdre un mot de ce que disaient ces anciens.

Comme le dessert approchait, je fus chercher au fin fond de la cave un flacon de ce vin pétillant qui ne pousse que dans notre Champagne. Filtier parlait quand je rentrai, et ce que j'entendis me fit dresser l'oreille et marcher sur la pointe des pieds.

II

LE 29 SEPTEMBRE

Si je me souviens de ce temps-là, mon commandant? Ah! oui, certes, je m'en souviens, quasiment comme si c'était hier. Pensez donc, malgré
toutes les misères de l'époque, malgré les ruines,
malgré le sang, malgré les grandes épreuves de la
patrie, cette année-là a été la dernière année de
bonheur de toute ma vie; comment pourrais-je
l'avoir oubliée!

Je me vois encore, de bonne humeur et sans
soucis, comme je l'étais alors, descendant de garde
avec mes camarades des Canonniers, presque tous
mes aînés, le matin du 29 septembre 1792. Nous
avions passé la plus grande partie de notre nuit,
au poste de la porte Saint-Maurice, à parler des

choses de la guerre, de la possibilité d'un siège,
à laquelle certains d'entre nous s'obstinaient à ne
point croire, des ravages des Kaiserlicks dans les
campagnes et des petites expéditions de volontaires qu'on organisait contre eux.

Il faut vous dire que depuis plusieurs semaines
leurs éclaireurs s'étaient montrés autour des fau-
bourgs ; puis après ç'avait été des bandes de
maraudeurs, qui s'abattaient sur les maisons et
les censes isolées, battant les hommes, violentant
les femmes, pillant tout et boutant le feu quand
ils ne trouvaient plus d'autre mal à faire. A ceux-là
avait succédé depuis une dizaine de jours une
armée régulière, qui avait pris position à Fives et
commencé à creuser les tranchées et à construire
des batteries, forçant les paysans et les faubou-
riens, qui ne s'étaient point sauvés assez vite, à
manier la pioche et la bêche, à transporter des
fascines, des madriers et tout le tremblement.

N'allez pas croire, au moins, qu'on les laissât
manigancer leur mauvaise besogne sans les dé-
ranger de temps en temps. Il y avait alors, à Lille,
un certain Chabot, capitaine au 15° régiment —
un brave à trois poils, celui-là—qui avait arrangé
ce qu'il appelait des « parties de quilles », lesquelles se jouaient par nuit, au clair de la lune,
de la manière que je vas vous dire.

Les jours de *jeu*, le capitaine Chabot s'en

venait flâner, les mains dans les poches, dans les quartiers Saint-Maurice et Saint-Sauveur, s'arrêtant à droite et à gauche, causant familièrement avec les commères, qui l'avaient bientôt regardé comme un habitué, riant, goguenardant, se moquant des Autrichiens :

— Tout *chiens* qu'ils sont, disait-il, ils n'auront mie la gueule assez large pour nous avaler, parce que nous nous mettrons en travers !... En attendant, la maman, faites-moi le plaisir de dire à votre *fieu* que je l'invite à une belle partie de quilles, ce soir, à la porte de Paris. N'oubliez pas, hein ?

Ça signifiait que, la nuit venue, la bande des « trois cents Spartiates », comme il nous nommait — je n'ai jamais trop bien su pourquoi, mais on m'a assuré que c'était un grand compliment — devait faire un coup contre les travaux de l'ennemi. On y allait toujours sans fusil, avec des sabres, des piques ou des faulx emmanchées à l'envers. On surprenait les sentinelles et les avant-postes, et on chambardait ce qu'on pouvait : en deux heures l'affaire était faite.

Oui, c'en était vraiment un bon, ce capitaine Chabot, ne craignant ni Dieu ni diable, doux comme une demoiselle avec les pauvres gens. A force de «jouer aux quilles », il a fini par y laisser les siennes : il a reçu son compte à la sortie du

mardi, quatre jours avant celui dont c'est aujour-
d'hui l'anniversaire. Les parties de quilles furent
flambées du même coup.

Et pourtant elles n'avaient jamais été plus nécessaires : les paysans qui venaient se réfugier
en ville rapportaient que le pays était rempli de
soldats, que tout était sens dessus dessous autour
des remparts depuis la route de Roubaix jusqu'à
celle de Tournai, qu'on avait amené des canons
de toute sorte, et qu'à Fives les batteries étaient
toutes prêtes à tirer.

Nous autres, dans le corps des Canonniers, ces
nouvelles ne nous surprenaient point ; on s'y
attendait bien. Mais dans le public, il ne manquait
pas de gens qui aimaient mieux ne pas y croire,
et qui s'entêtaient à s'illusionner comptant malgré
tout sur la force de leurs remparts, si crânement
bâtis par un nommé Vauban.

— Ah! ah! ah! criaient-ils en se rengorgeant,
ils se casseront plus d'une dent pour mordre là-
dessus!

Je les regardais avec admiration et respect, et
je disais à mon père, qui était en même temps
mon sergent dans les Canonniers :

— Voilà des hommes véritablement énergiques; voilà des patriotes comme il en faut pour
sauver la République.

— Tais-toi, me répondait-il, en me poussant

son coude dans les côtes; braillard rime avec couard.

Et j'eus bientôt l'occasion de reconnaître que mon père parlait avec sagesse et était un homme de grand sens.

Donc, comme je vous le disais tout à l'heure, le samedi 29 septembre, au moment où nous allions descendre de la porte Saint-Maurice : Taratata, taratata ! on sonne en parlementaire sur les glacis. Nous montons sur le parapet pour savoir de quoi il retourne, et nous voyons un officier autrichien en grande tenue, escorté d'un trompette et de trois hussards, arrêtés devant les ponts.

En même temps, un officier de place monte dare dare sur le rempart, fait répondre par notre tambour, et redescend aussitôt.

— M'est avis, fieu, qu'il ne tardera pas à pleuvoir du fer par ici, me dit à l'oreille le caporal Blanchez.

Nous restons là, un bout de temps, attendant ce qui allait arriver, continuant à regarder ces cinq cavaliers immobiles, échangeant entre nous toute sorte de suppositions.

Enfin, des rumeurs s'élèvent derrière nous, dans la ville, nous entendons grincer les ferrures de la porte et les chaînes du pont, et, comme nous n'étions plus de service, nous descendons à notre tour dans la rue, qui était déjà pleine de monde.

Les envoyés du général Ruault, le gouverneur de la ville, arrivaient justement pour recevoir le parlementaire. C'étaient le colonel Varennes et le capitaine Morand.

Par la porte grande ouverte, on vit alors déboucher l'officier allemand et ses hommes, marchant à pied et les yeux bandés. Leurs chevaux suivaient, tenus à la bride par des hommes de garde. Il y eut un grand cri dans la foule :

— Vive la liberté ! vive la nation !

Nous étions peut-être dix mille à crier cela, et nous n'épargnions pas nos poumons. Je suis sûr qu'à ce moment-là les cinq gaillards avaient froid dans le dos et auraient bien voulu s'en aller, d'autant plus qu'au coin de la rue du Lombard, la vieille Louise Thibault, qui avait eu son fils tué au Pont-Rouge et qui était quasi-folle depuis, tira de son tablier une grosse brique qu'elle lança au major autrichien. Ce fut le trompette qui la reçut sur l'épaule, mais il n'osa rien dire.

En tous cas, s'ils avaient peur, ils n'étaient pas les seuls, car la vieille fut criblée d'injures par tous les poltrons, qui, espérant qu'on allait rendre la ville tout simplement, se préparaient déjà à faire leur cour à leurs nouveaux maîtres ; mais nous n'en faisions que rire, parce que du moment qu'il ne s'agissait que de coups de langue, tous les esbrouffeurs du monde n'auraient pas été de force avec Louise Thibault, laquelle n'était pas marchande de poisson pour des prunes.

Elle était dans son tort, la vieille, c'est sûr, parce qu'on n'a pas le droit de malmener des parlementaires; mais les autres avaient tort aussi, parce qu'au lieu de la tarabuster ils auraient dû lui adresser des paroles de raison.

Pendant ce temps-là, les Autrichiens étaient arrivés à la mairie. Nous autres, les patriotes, nous jubilions à l'idée de les voir s'en retourner avec des mines piteuses et allongées, car nous étions bien sûrs qu'on allait leur faire entendre des discours courageux et tout à fait dignes de la République, quand le bruit se répandit qu'ils s'en iraient par la porte de Tournai.

Alors tout le monde se porta de ce côté-là, de sorte que la rue de l'Abbiette fut bientôt si encombrée qu'on dut prendre les enfants sur les épaules pour les empêcher d'étouffer. Mais ce n'était pas la peine de tant courir, car nous fîmes le pied-de-grue pendant deux grandes heures sans rien voir arriver.

Ça devenait inquiétant; les patriotes commençaient à murmurer, et ceux qui souhaitaient le retour de l'ancien régime ne se cachaient déjà plus pour se frotter les mains, lorsqu'on entendit crier du côté des Reigneaux :

— Les voilà ! Vive la nation ! vive la liberté ! mort aux tyrans !

C'étaient bien eux. Le fils à M. Saladin marchait derrière et distribuait à pleines mains des cocardes tricolores, qu'on attachait avec des épingles sur les habits des parlementaires. On riait, on criait, on hurlait tant qu'on pouvait, mais on ne leur fit point de mal.

Ils étaient partis depuis longtemps, et l'on criait et on chantait encore, quand retentit un fracas pareil au tonnerre. De tous côtés, les cheminées, les tuiles, les ardoises, les carreaux commencent à dégringoler. Les uns se sauvent comme s'ils devenaient fous, les autres restent tout bêtes à se regarder, les femmes pleurent, les enfants crient, les hommes jurent ; on ne sait à qui entendre, chacun court pour son compte, on se bouscule, on se renverse, on se piétine : on aurait dit la fin du monde.

— Aux armes !

— Aux pompes !

— Ouvrons les portes ! A bas les sans-culottes !

— Aux remparts, voilà l'assaut !

— Sauve qui peut ! Gare la bombe !

Il venait justement d'en tomber une au beau milieu du carrefour du Priez ; mais elle n'éclata pas : la mèche, mal préparée, s'éteignit par la secousse. Elle ne produisit pas moins son effet, car en un clin d'œil tous les propres-à-rien détalèrent, les talons dans le dos.

En les voyant courir comme des dératés, je me rappelais les paroles de mon père au sujet de tous ces fanfarons et je constatais avec orgueil qu'il était homme judicieux autant que fin canonnier. Mais je n'eus pas le loisir de réfléchir longtemps, car voilà M. Welcomme, le commandant du 11° de la garde nationale, — un homme superbe, avec une belle figure bien rouge, portant son uniforme si grassement et si majestueusement qu'on aurait dit un suisse de cathédrale, — le voilà, dis-je, qui sort de chez lui et qui nous crie, tout en soufflant et en trottinant :

— Arrivez, garçons, arrivez ; ça va mal du côté de la Commune : on bat la générale !

Nous autres, nous n'avions rien entendu à cause de la pétarade des remparts, mais nous nous mîmes tout de même à suivre de confiance le bon M. Welcomme. Quand je dis suivre, c'est une manière de parler, parce que, sa bedaine étant d'un transport difficile, nous arrivâmes au moins cinq minutes avant lui.

Ça n'allait pas trop bien, en effet. Sur la Grande-Place et devant la Commune, des groupes de gens qui n'avaient pas l'air de bonne

humeur regardaient de travers les patriotes,
les canonniers Nicquet et les gardes nationaux,
lesquels ne se gênaient pas pour crier : « Vive
la nation ! mort aux Autrichiens ! » Fallait pas
être malin pour voir que les choses allaient se
gâter.

Au moment où nous passions devant la *Barque-
d'Or*, nous voyons arriver Sot-Cailleau, coiffé
d'un bonnet rouge, s'amusant, avec son rire
d'innocent, à bousculer et à gourmer une
manière de mannequin qu'il croyait avoir habillé
en Kaiserlick.

Vous autres, les petiots, vous ne savez pas ce
que c'est que Sot-Cailleau ? Voilà son histoire
en deux mots. C'était le fils d'une pauvre veuve
de la rue du Bourdeau, qui avait péri dans l'incendie de sa maison, et l'enfant, qui avait alors
une douzaine d'années, était devenu idiot en
même temps qu'orphelin.

Ce jour-là, Sot-Cailleau avait du plaisir : il
flanquait à son marmouset des taloches de tout
son cœur ; il le jetait en l'air, sautait dessus
quand il retombait et lui cognait la tête sur
le pavé ; puis il riait à se tenir le ventre.

Mais si Cailleau riait, les aristocrates ne
riaient mie, et l'un d'eux, exaspéré, tomba à
coups de poing sur le pauvre innocent.

Dans ce temps-là, ce n'était pas comme

maintenant où les feuilles racontent tous les jours des histoires de gens qui outragent la faiblesse ; nous autres, un homme qui aurait frappé méchamment une femme, un innocent ou un enfant, nous l'aurions démoli. Que voulez-vous ? c'était notre idée : les anciens nous avaient lu des livres d'un certain Rousseau, où des choses réellement belles et bonnes étaient écrites, et nous n'aurions pas voulu que quelqu'un pût aller dire à ce brave monsieur : « Un tel a commis telle ou telle mauvaise action ! » Non, rien que cette pensée-là nous faisait rougir de honte.

Aussi, voyant un ci-devant maltraiter Cailleau, je me sentis pris d'une grande colère.

— Le gueux ! il a tapé Cailleau !

Je ne sais pas comment cela s'est fait, mais je me suis trouvé dans le ruisseau, à cheval sur le coquin, et sentant quelque chose comme une grêle de briques pleuvoir sur mon dos. Tout d'un coup, je n'ai plus rien senti, je tournais de l'œil, comme on dit ; puis, j'ai reconnu les amis qui me soutenaient dans leurs bras, et Cailleau qui, assis sur sa marionnette, me regardait avec ses grands yeux fixes. Mme Blocquel est venue avec une bouteille et m'a donné un verre de vin. C'était une vraie citoyenne, de bon cœur et de grand courage.

Quant aux aristocrates, on n'en voyait plus :
les patriotes les avaient manipulés avec vigueur
et subtilité.

Je vis seulement alors la véritable cause de
toute l'affaire : c'était un placard affiché contre
la terrasse de la Grand'Garde, où M. Rohart,
le greffier, avait transcrit de sa plus belle écriture
la sommation de l'archiduc Albert de Saxe et les
réponses du général Ruault et de la municipalité.

La lettre de l'ennemi, je l'ai oubliée ; d'ailleurs,
je m'en moque comme d'une vieille chique ; mais
celles des soldats et des citoyens, je les ai toujours
sues par cœur :

« La garnison que j'ai l'honneur de commander
» et moi, avait dit le général Ruault, sommes
» résolus de nous ensevelir sous les ruines de
» cette place plutôt que de la rendre à nos
» ennemis ; et ses citoyens, fidèles comme nous
» à leur serment de vivre libres ou de mourir,
» partagent nos sentiments et nous seconderont
» de tous leurs efforts. »

Et voilà l'autre :

» Nous venons de renouveler notre serment
» d'être fidèles à la nation, de maintenir la
» liberté et l'égalité ou de mourir à notre poste ;
» nous ne sommes pas des parjures ! »

Le citoyen Roussel, le marchand de toiles de la rue des Malades, lisait cela tout haut d'une voix si claire et si sonore qu'on l'entendait de l'autre bout de la Grande-Place, malgré le grondement des canons. Puis, quand il eut fini, il entonna la *Marseillaise* que chacun se mit à chanter avec lui ; nous étions plus de deux mille et la canonnade faisait la basse..... C'était là une grande chose que je n'oublierai jamais, quand bien même je vivrais encore cent ans, et dont le souvenir fait encore aujourd'hui tressaillir ma vieille carcasse.

Il pouvait bien être cinq heures, quand on vint nous dire que les maisons commençaient à culbuter du côté de Saint-Sauveur, par la raison que l'ennemi concentrait ses boulets sur ce quartier, dans l'espérance que les pauvres gens, se voyant dépouillés, se révolteraient contre la garnison et ouvriraient les portes, — ce qui prouve combien les Autrichiens étaient des hommes méchants et rusés. Tous ceux qui demeuraient par là n'en demandèrent pas davantage et coururent chez eux pour voir comment les choses se passaient.

Notre maison, à nous, était dans la rue du Vieux-Marché-aux-Moutons; aussi n'étais-je pas trop tranquille, bien que je me doutasse que mon père y était pour surveiller les évènements. Comme l'inquiétude me talonnait, et un peu aussi parce que je n'avais pas mangé depuis le matin, je me

préparais à aller faire un tour du côté de notre
cuisine, lorsqu'une demi-douzaine de bombes arrivent coup sur coup sur la place, éclatent en l'air
ou sur le pavé, démolissant les gens, les cheminées et les devantures de boutiques. Après celles-
ci en arrivent d'autres, puis ce sont des boulets
rouges... Ça tournait mal. Cependant, on ne perd
pas la jugeotte : on empoigne des cuves de ménage, on jette de l'eau à droite et à gauche pour
éteindre les mèches; on donne un coup de main
par-ci, un peu d'aide par-là, et l'on rigolait
encore, malgré tout.

— Le feu est à l'église ! crie une voix.

C'était vrai : Saint-Étienne brûlait. Ça nous fit
de la peine : Saint-Étienne était une belle bâtisse
qui faisait honneur au pays, et puis c'était quelque
chose comme le clocher de la ville. Les flammes
sortaient par trois fenêtres et faisaient déjà une
trouée dans la toiture.

En ce temps là vivait à Lille un bossu extraordinaire. Il s'appelait Anzelin, était jaugeur de la
ville et habitait sur la place une petite maison si
basse et si affaissée qu'elle semblait accroupie
entre les contreforts de l'église Saint-Étienne.
C'était un homme malicieux, qui mettait sa joie
à se gaudir de la simplicité d'autrui ; sa voix
aigre et saccadée comme le grincement d'une
crécelle, sa langue venimeuse comme le dard

d'une guêpe, étaient si connues de tous chacuns
que personne ne se hasardait à railler les escarpements de son dos, ses bras longs et ballants
comme ceux d'un singe ou les traits pointus de
sa figure anguleuse ; on s'efforçait plutôt de se
le rendre favorable par une habile déférence à
ses caprices. Ce qu'il y avait de plus étrange chez
Anzelin-le-Bossu, c'était son adresse merveilleuse
et l'incroyable vigueur de ses longs bras maigres ;
on en citait dans la ville des exemples remar-
quables, et il en avait donné tout récemment une
preuve de nature à convaincre les plus incré-
dules en allant coiffer d'un bonnet phrygien le
coq doré qui surmontait la verge de fer, tout en
haut de la flèche du clocher Saint-Étienne.

Dès qu'on eut crié : « Le feu est à l'église ! »
on vit Anzelin sortir de sa petite maison et venir
au milieu de la place surveiller d'en bas son
bonnet rouge.

— Hé ! hé ! hé ! hé ! ricanait-il en regardant
les gens sous le nez ; hé ! hé ! les patriotes, qu'est-
ce qui ira chercher mon bonnet ? Hé ! hé ! hé !

Chacun faisait la sourde oreille, comme vous
pensez bien.

— Hé ! hé ! hé ! hé ! c'est la coiffure même de
la patrie, citoyens ; qu'est-ce qui ira la sauver ?
Hé ! hé ! hé !

On n'avait garde de répondre.

— Hé ! hé ! sera-ce toi, Cocheteux ? non !
Sera-ce toi, Destailleurs? Sera-ce toi, Lefebvre?
Toi, Houzé? Hé! hé! personne n'osera! ils ont
tous peur ! Je le savais bien, qu'ils n'oseraient
pas! Hé! hé! alors ce sera moi! hé! hé! ce sera
Anzelin, Anzelin-le-Bossu! Tous bons pour boire
de la bière et fumer des pipes ; mais quand il
s'agit de risquer leurs vilaines peaux, il n'y a
plus personne! Hé! hé! hé! regardez un peu!

Et il se dirigea en sautillant drôlement vers
le petit portail, laissant chacun stupéfait de son
audace et de son intrépidité, tandis que moi, je
me méprisais intérieurement en pensant :

— Ce n'est pas toi, Louis, qui oserais faire des
coups pareils, non, ce n'est pas toi ; aussi, tu res-
teras toujours simple canonnier, c'est moi qui te
le dis !

Cinq minutes se passèrent. On vit alors le bossu
sortir par la dernière lucarne, tout au haut de la
flèche, embrasser de ses longs bras la pointe de
la toiture, puis grimper comme un singe le long
de la barre de fer qui supportait le coq. Il était
si haut qu'il ne nous paraissait pas plus gros
qu'une mouche. Chacun avait le nez en l'air, on le
regardait en se faisant une visière avec la main, et
malgré soi on se disait : « Va-t-il tomber ou ne
va-t-il pas tomber?» Mais on n'osait ni crier ni
applaudir, de peur de lui donner le vertige en
détournant son attention.

On le vit prendre le bonnet d'une main, pendant qu'il se cramponnait de l'autre; il le mit sur sa tête et redescendit tranquillement comme il était monté, sans s'inquiéter des boulets qui passaient à quelques toises de son corps.

Quand il eut disparu dans la lucarne, on commença à crier : « Hourra ! hourra ! vive la nation ! vive Anzelin ! » et, quand il reparut sous le porche, on l'empoigna par les jambes et on l'emporta en triomphe à la Commune.

Presqu'au même moment, les sonneurs, qui n'avaient cessé de battre le tocsin depuis l'attaque, sortirent par la petite porte de la rue Esquermoise en disant que le feu gagnait la tour et que les cloches allaient fondre. Il y en avait une qu'ils paraissaient regretter particulièrement, c'était la *Vigneron*, qui était toute en argent et qu'on entendait jusqu'à Armentières.

Comme la nuit arrivait, et que nous devions relever le lendemain la compagnie Ovigneur, comme j'avais faim et grand mal aux reins par suite des coups que j'avais reçus, je partis d'un bon pas, en longeant les maisons, pour regagner la rue du Vieux-Marché-aux-Moutons.

III

LE 30 SEPTEMBRE

Il paraît que les Kaiserlicks ont continué leur branle-bas pendant la nuit entière et qu'ils sont cause que beaucoup de gens ont perdu tout ce qu'ils avaient gagné par leur bonne volonté au travail et leur conduite honnête ; — mais je n'en aurais rien su du tout, si on ne me l'avait appris le matin, car j'ai dormi à poings fermés depuis neuf heures du soir jusqu'au déjeuner, tant j'étais grandement fatigué.

Le 30 septembre était un dimanche. Autrefois, j'aimais bien les dimanches, parce qu'il ne fallait point songer au travail. On sortait de la grande armoire de chêne les culottes de casimir, l'habit bleu, les fins bas de laine ; on se faisait propre

et gaillard pour aller au *Jardin de l'Arc* tirer à
la perche ou danser au *Lion-d'Or* avec son amoureuse, selon les jours ou la saison. Ça semble
si bon, la liberté et la campagne, quand on a
retordu du fil pendant six jours sans s'arrêter.
Mais ce jour-là, rien de pareil : sur la chaise
à côté de mon lit, mon uniforme de canonnier,
fripé et plein de poussière, avait un air abattu
qui faisait peine à voir, et le canon, qui beuglait
sur le rempart, semblait me gourmander de ma
fainéantise avec tant de colère, que je ne pus
m'empêcher de lui répondre :

— Allons, c'est bon, on y va !

Oui, mais c'est que mon dos me faisait mal,
comme si on y avait battu la générale pendant
toute la nuit ; je réussis à m'habiller cependant,
mais je m'y repris à plus d'une fois et lâchai
plus d'un juron accompagné de laides grimaces.

A la cuisine, je trouvai nos cousines Cécile
Reboux et sa fille Victoire, les dentellières de la
rue du Croquet, qui coupaient des tartines pendant que ma mère faisait du café. Elles avaient
les yeux rouges.

— Voilà Louis ! dit Victoire. Bonjour, Louis.

— Bonjour, Victoire ; bonjour, ma mère ;
bonjour, ma cousine.

— Bonjour, garçon, répondit ma mère.

Mais la cousine Reboux resta muette et refro-
gnée.

Tout en me frottant les reins, je me disais en en moi-même :

— Il y a quelque chose, c'est sûr, et il faut que ce soit une affaire joliment conséquente pour que madame Reboux reste plusieurs minutes sans bavarder ; c'est là certainement un évènement qui étonnerait bien des gens, s'ils en étaient témoins. C'est égal, Louis, ne vas pas importuner ces femmes par des questions, d'abord parce que c'est contraire à la politesse, ensuite parce que tu sais bien que la mère Reboux finira par se déboutonner toute seule.

Je la regardais du coin de l'œil, et je voyais que, bien qu'elle ne parlât pas, ses lèvres remuaient par habitude.

— Bon, pensai-je, ça va venir.

Elle commença par bougonner à demi-voix, en mettant son bonnet de travers, tantôt d'un côté, tantôt de l'autre :

— Les brigands !.... les voleurs !.... canailles de Kaiserlicks !....

Moi, je répondais pour l'exciter :

— Oui, ce sont des brigands ! — Des voleurs, ça, c'est bien vrai ! — Les Kaiserlicks sont des canailles, il faudrait être privé de raison pour dire le contraire !

Si bien qu'au bout de dix minutes je savais tout : des boulets rouges étaient tombés, vers

les quatre heures, dans la rue du Croquet et
avaient mis le feu à sa maison ainsi qu'à deux
autres ; de sorte que les pauvres gens étaient
ruinés et avaient déjà eu de la peine à sauver
leur chrétienté avec quelque hardes.

Le pis de tout, c'est que mon cousin Reboux,
qui était pointeur dans la compagnie Ovigneur,
allait rentrer bien fatigué après vingt-quatre
heures de feu roulant et ne trouverait plus ni
matelas, ni linge, ni maison pour se reposer
et se changer.

Et Mme Reboux, ayant raconté son malheur
pour la dixième fois, recommença sa bordée
d'injures contre les Kaiserlicks, et Victoire se
remit à pleurer.

Mon père rentra en ce moment par la porte
de la rue :

— Voilà au moins, dit-il en déposant dans
un coin un énorme paquet, de quoi vous habiller :
c'est tout ce que j'ai pu enlever. Quant au
reste, ne vous inquiétez pas : il y aura toujours
assez de place ici pour vous loger, en attendant
mieux. Allons, garçon, un morceau sur le pouce,
une tasse de bon café, et en route !

Quand nous eûmes mangé, ma mère essuya
ses yeux avec le coin de son tablier et vint nous
embrasser en silence. J'avais la gorge si serrée
et Victoire me regardait avec des yeux si doux

que j'avais plutôt envie de rester à la maison
que d'aller sur le rempart attraper peut-être
un mauvais coup à en être affligé pour toute
ma vie. Puis, je pensai :

— Oui, ce serait une affaire excessivement
pénible pour toi, Louis, que de perdre un de ces
bras qui aiment tant à entourer la taille de
Victoire, ou bien encore une de ces jambes qui
dansent avec tant d'entrain aux kermesses des
environs ; mais si tout le monde raisonnait comme
toi, les Kaiserlicks auraient déjà saccagé la ville,
pendu les bons patriotes et violenté les citoyennes,
y compris Victoire.... Cordieu ! en avant, père,
et mort aux Autrichiens !

Quand nous arrivâmes à l'hôtel des Canonniers,
rue des Malades, la compagnie était presque au
complet. En attendant l'heure, on causait par
groupes ; chacun racontait ce qui était survenu
dans son quartier ou dans sa rue ; combien de
boulets rouges ou de bombes on avait vus, les
gens qui avaient été tués ou éclopés. Et je dois
dire que je ressentis tout à coup une grande
satisfaction et une grande confiance, parce que
je voyais que personne n'avait peur : tout le
monde était exaspéré contre l'ennemi à cause de
ses mauvais procédés à l'égard de gens qui ne
lui avaient jamais rien fait.

Au fond de la cour, les officiers de la compa-

gnie étaient réunis autour de M. Nicquet et paraissaient s'occuper de choses d'importance.

Je me suis demandé bien des fois, depuis ces
jours-là, pourquoi tout le monde, dans les pays
de Flandre et d'Artois, connaît et vénère le nom
de M. Ovigneur, tandis que personne ne semble
se souvenir du capitaine Nicquet. C'est une grave
injustice qui doit causer de la peine à tous les
véritables canonniers.

Certes, le capitaine Ovigneur était, en même
temps qu'un filtier honnête et recommandable,
un homme vaillant, un pointeur rempli de précision, un citoyen tout à fait digne de la reconnaissance de ses compatriotes en général et des
artilleurs en particulier ; mais cela n'empêche
pas que M. Nicquet le valait sous tous les rapports et qu'ils étaient, à eux deux, quelque chose
comme les deux bras du corps des Canonniers
lillois.

M. Nicquet, bourgeois fort riche, mais pas plus
fier pour cela, était fabricant de fil à coudre et
habitait une grande belle maison rue de Paris,
tout proche de l'hôtel. C'était un homme haut
et fort comme un chêne, avec des cheveux gris
et un nez crochu, qui passait pour n'avoir pas
son pareil comme bretteur. Moi, je faisais mon
apprentissage chez lui, et je peux même dire que
j'en avais un peu peur, par la raison qu'il avait

toujours à la main, dans la rue comme à l'atelier, une grosse canne qui tournoyait dans tous les sens si vitement qu'on en avait la berlue. Ce n'était pas par méchanceté, c'était par manie ; mais c'est égal, j'en avais des sueurs froides, et je me disais :

— Si son diable de bâton t'accroche seulement un brin, Louis, tu verras plus d'un million de chandelles.

A dix heures moins un quart, après l'appel, on prit ses rangs et on emboîta le pas : nous étions en route pour la danse.

Ça n'était pas drôle : on voyait les boulets passer en l'air en carambolant sur les cheminées, les pignons, les toits, et éparpillant tout cela à droite et à gauche dans les rues, les cours, les jardins ; il y avait des maisons en feu, d'autres crevées du haut en bas par les bombes, d'autres encore dont les gouttières et les châssis déchiquetés pendaient comme des loques. Nous allions au pas de charge pour tâcher d'éviter les accrocs, et plus nous nous approchions du rempart, plus le vacarme devenait infernal. Rue des Sahutaux, nous n'entendions plus nos tambours ; sur le Réduit, il y avait de quoi devenir fou : on n'y voyait pas clair et on n'y respirait pas, tant la fumée était épaisse, on avait des claquements dans les oreilles comme si les veines allaient

crever ; il passait dans l'air des sifflements à
faire dresser les cheveux, et la terre tremblait
par secousses.

Mes dents jouaient des castagnettes et je marchais raide, en serrant de toute ma force entre
mes bras la crosse de mon fusil : je ne pensais
plus à rien, j'étais comme ahuri.

Grosse-Marie, la pièce de mon père, était à
gauche de la porte de Tournai ; je me suis retrouvé
là sans savoir par où j'étais passé : Mahieu et
Grimonpont chargeaient, mon père pointait et
Serrurier faisait feu. Nous avons fait ce métier-là,
sans débrider, jusqu'à la nuit ; mais, sur les huit
heures, le lieutenant Duhamel, qui voyait bien
que je n'en pouvais plus, m'envoya en estafette
à la Commune et me permit d'aller me reposer
jusqu'à minuit.

Il n'a pas fallu me le dire deux fois.

— Louis, pensai-je en dégringolant des talus,
que tu vas donc être bien chez toi, entre ta mère
qui va te donner une bonne assiette de soupe,
Victoire qui va te faire les yeux doux, et Mme
Reboux qui te racontera exactement tout ce qui
s'est passé en ville pendant la journée ! C'est un
bon garçon, le lieutenant Duhamel !

Après avoir entendu éternuer *Grosse-Marie* et
ses compagnes, dix heures durant, au milieu du
feu, de la fumée de poudre, des chants de guerre

et des malédictions des camarades, sous les bombes et les boulets qui passaient sur nous pour aller écraser la ville, vous pensez bien que je commençais à m'accoutumer à tout ce sabbat endiablé. Cependant, au moment d'enfiler au pas de course la rue de Fives, je m'arrêtai tout net en me grattant le nez.

— Quand tu serais aussi mince qu'un *broquelet*, Louis, tu ne passerais jamais là-dedans sans te faire décarcasser.

Il y avait deux batteries autrichiennes qui croisaient leurs feux sur le quartier, de manière que des deux cotés de la rue de Fives les maisons enflammées culbutaient les unes après les autres et s'applatissaient sur le pavé ; tandis que les boulets froids, arrivant droit par-dessus le rempart, ricochaient et rebondissaient d'un bout à l'autre jusqu'à la rue des Malades.

Voyant cela, j'ai fait volte-face, et, longeant les remparts, j'ai gagné la rue de l'Abbiette, où les choses n'allaient pas beaucoup mieux, puis la rue des Buisses, la rue Saint-Maurice, et finalement je suis arrivé à la Commune avec ma tête sur mes épaules.

Là, on m'a fait entrer dans la salle du conseil, et j'ai remis mon message à M. Saqueleu le procureur, qui l'a donné au maire, M. André.

C'est alors que je vis bien que les Lillois étaient

de vrais patriotes, des citoyens véritablement
dévoués à la nation.

La municipalité s'était déclarée en permanence
depuis le commencement du bombardement: jour
et nuit, une partie des officiers municipaux déli-
béraient sur les mesures à prendre, pendant que
l'autre parcourait la ville pour faire exécuter les
ordres et donner l'exemple du courage en toute
occasion.

Je regardais avec respect ces hommes graves
et calmes, occupés à veiller au salut de leurs
concitoyens sans se laisser émouvoir par les batteries qui faisaient rage et envoyaient leurs projectiles jusque dans les cours de la Commune :
c'étaient M. Bernard, M. Charvet, M. Forceville,
M. Questroy, M. Lefebvre-Dhennin et le vieux
M. Méricourt, qui avait près de quatre-vingts ans.
Les autres étaient de service en ville.

Au fond de la salle, au bout d'une pique, on
voyait le bonnet rouge qu'Anzelin-le-Bossu avait
si crânement décroché du clocher de Saint-
Etienne.

— Canonnier, me dit M. André, vous répondrez
au capitaine Nicquet qu'il peut être tranquille :
les ordres sont donnés et les précautions prises.

Quelques minutes après, j'arrivais chez nous.
Il y avait pas mal de déchet dans les environs,
mais notre maison était debout.

Le long des façades s'allongeait une longue file de cuves remplies d'eau, et le pavé était couvert de fumier mouillé pour empêcher les bombes d'éclater. Les habitants de la rue, hommes, femmes et enfants, se tenaient aux portes avec des casseroles, des pincettes, des marmites, pour prendre des boulets rouges et les éteindre. Tout ça n'était mie bête : les citoyens n'avaient pas perdu leur temps.

Bien qu'il fût neuf heures sonnées, il faisait presque aussi clair qu'en plein jour : c'étaient des maisons tout entières qui servaient de chandelles, car la moitié du quartier Saint-Sauveur était en flammes, sans compter le massif Saint-Etienne qui brûlait encore et les incendies isolés qui se déclaraient de tous côtés.

Quand ma mère me reconnut, elle se mit à trembler de tous ses membres, elle croyait que mon père était blessé.

— Entre, me dit-elle quand je l'eus rassurée, tu mangeras un morceau avec le cousin Reboux qui est justement à souper. Moi, il faut que je veille avec les voisins.

Reboux, sa fille assise sur ses genoux, mangeait tranquillement en écoutant sa femme.

— Bonjour, petit, rien de neuf là-bas ?

— Tout va bien, mon cousin.

Il faut que je vous dise deux mots sur cet hon-

nête canonnier, dont le nom, presque oublié aujourd'hui, était à cette époque justement célèbre.

D'Arras jusqu'à Dunkerque, d'Anvers à Bou-
logne, tout le monde connaissait *Reboux-le-Pointeur*. Dans les pays de Flandre et d'Artois, nul
n'aurait oser entrer en lutte avec lui pour le ma-
niement des armes à feu ; canons, fusils, pistolets,
il connaissait tout cela depuis A jusqu'à Z et en
aurait remontré au plus malin des arquebusiers.
Aussi faisait-il grand honneur au corps des Canonniers lillois et était-il tenu en haute estime par
ses officiers aussi bien que par ses compagnons.

Et Reboux était en même temps un homme
brave, actif et avisé ; il l'avait prouvé une fois de
plus ce jour-là, car c'était lui qui, au lieu de se
reposer, avait organisé le service de la rue
du Vieux-Marché-aux-Moutons. Il avait même
fait mettre aussi dans notre grenier une couche
de fumier mouillé pour paralyser l'effet des boulets rouges et préserver notre habitation — ce
qui démontre qu'il y a profit autant que plaisir
à obliger les honnêtes gens.

Cependant, comme il fallait bien d'autres évènements que mon arrivée pour arrêter la langue
de Mme Reboux, elle continuait ses commérages
tout en servant notre repas :

— Vous ne pouvez vous en apercevoir parce
qu'il fait nuit, mais Saint-Sauveur n'a plus son

clocher ; les Autrichiens l'ont jeté bas. Eux qui prétendaient respecter la religion et les biens des particuliers, ils nous ruinent, tirent sur les églises et les hôpitaux ; je te le dis, Pierre, c'est un ramassis de bandits, et tu feras bien de ne pas les ménager. Mais pour ce qui est d'avoir la ville, ils ne l'auront pas, les voleurs ! Ils ne savent pas ce que c'est que les canonniers et les bourgeois de Lille, et la preuve qu'ils ne le savent pas, c'est qu'ils sont venus les attaquer. Les imbéciles ! ils n'avaient qu'à s'informer dans le pays, auparavant : on leur aurait dit que M. Ovigneur et M. Nicquet étaient capitaines des canonniers, dans les rangs desquels se trouvait Reboux-le-Pointeur, et que M. Bryan était colonel de la garde nationale ; alors ils auraient compris que ce qu'ils avaient de mieux à faire, c'était de passer leur chemin... A propos de M. Bryan, sans lui, ce matin, on en aurait vu de belles : une bande de chenapans a voulu piller les maisons de la rue de la Barre ; mais M. Bryan, avec des officiers municipaux et un détachement de la garde nationale, est allé les mettre à la raison. Si ce n'est pas dégoûtant de voir de pareilles choses, dans un moment où tous les braves gens se font hacher sur le rempart !...

— Voilà qui est bien, interrompit le cousin Reboux en reposant sa fourchette et en tirant.

sa pipe ; bourre la tienne, garçon, je vais te conduire à mon belvédère.

Son belvédère, c'était la crête du toit. Il y avait déjà là, entre trois cheminées, deux hommes qui causaient.

— Allez casser une croûte, mes enfants ; nous allons faire faction en vous attendant.

— Merci, monsieur Reboux ; ça ne sera pas long.

Et nous restâmes, tapis comme des chats de gouttières, regardant l'infernal feu d'artifice et surveillant attentivement la direction des boulets rouges et des obus. Par moment, une lueur plus vive des incendies ou l'explosion d'une bombe nous montrait çà et là sur les toits voisins des bourgeois, juchés comme nous, qui veillaient au grain. Enfin, le moment est venu de rejoindre les amis ; j'ai éteint ma pipe, j'ai serré la main du cousin Reboux, et j'ai regagné le rempart en me faufilant sournoisement le long des maisons.

Aux approches de la nuit, le feu de l'ennemi avait un peu faibli, mais il n'en était pas de même du nôtre, qui avait au contraire redoublé : rien qu'en circulant sur le rempart, il y avait de quoi devenir sourd.

En arrivant à la montée, je trouvai mon père assis sur le revers du talus, avec ses servants de pièce et d'autres canonniers ; ils reprenaient haleine, les uns en fumant leur pipe, les autres en mangeant un morceau de pain. *Grosse-Marie* avait besoin de souffler un peu ; c'était sa voisine qui continuait la conversation.

— Eh bien ! me demanda-t-on, comment ça va-t-il en ville ?

— Pas trop bien ; le quartier de Fives est tout détraqué, mais les citoyens ont ouvert l'œil. Où est le capitaine Nicquet ?

— Là, en face, au bastion sous le rempart.

— Et le lieutenant Duhamel ?

— Ici près, à la troisième pièce.

J'y allai chercher le mot de passe, car il me fallait traverser les lignes pour gagner le bastion ; puis, descendant jusqu'à la porte de Fives, je m'engageai dans les contre-bas sous les canons des remparts, qui crachaient leurs feux et leurs boulets juste au-dessus de ma tête. Ça me faisait un drôle d'effet.

Je n'eus pas besoin de chercher longtemps : je voyais d'en bas un grand gaillard dont le reflet des flammes éclairait en rouge le large profil et le nez crochu, et qui courait d'une pièce à l'autre en faisant voltiger à droite et à gauche une espèce de manche à balai qu'il tenait à la main.

— Bon, le capitaine a troqué sa canne contre

un écouvillon ; si les choses s'aggravent, Louis,
tu le verras jongler avec un mât de cocagne !
En attendant, défie-toi de cette badine-là, et,
par respect pour son grade, tiens-toi à distance
pour lui parler.

Tout en me faisant ces recommandations,
j'avais gravi le talus et je m'approchais avec
prudence du capitaine Nicquet, quand, par un
brusque mouvement, celui-ci revint sur ses pas
et se trouva nez à nez avec moi.

— Qu'est-ce que tu veux ? me dit-il en arrêtant les moulinets de son écouvillon, ce dont
je ressentis une vive satisfaction.

Mais, au moment de lui répondre, je ne puis
m'empêcher de me mettre à rire, tant sa physio-
nomie était cocasse. Je le voyais comme en
plein jour : il avait tout au travers du visage de
grandes balafres noires qui couraient, deux par
deux, trois par trois ou plus, d'un côté à l'autre
de son front, ou bien de l'œil droit à l'oreille
gauche, ou bien encore qui s'entortillaient autour
de son long nez, lequel constituait à peu près
tout ce qui restait de blanc sur sa figure.

— Excusez, mon capitaine... c'est que, sauf
votre respect, on dirait que vous vous êtes lavé
avec de la poudre !

— Ris, petit, ris, si ça t'amuse.

Il avait une voix si douce et si triste en disant

cela que mon envie de rire passa tout d'un coup.
Puis, s'adressant aux canonniers qui chargeaient
derrière lui, il cria d'une voix de tonnerre :

— Pressez, pressez, par la mortdieu! Feu, feu!
là-bas, les obusiers!... Que veux-tu, mon enfant?

— Mon capitaine, M. André, le maire, vous
fait répondre que vous pouvez être tranquille,
parce que les ordres sont donnés et les précautions prises.

— Ah! merci, tu es un bon garçon!

Et M. Nicquet, laissant tomber son écouvillon,
m'entoura de ses longs bras et m'embrassa de
tout son cœur. J'en eus la joue toute noircie, mais
je n'en fus pas moins considérablement attendri
et enorgueilli, car — ce n'est pas pour humilier
les autres canonniers — mais il n'y en a pas beaucoup parmi eux qui puissent se vanter d'avoir reçu
l'accolade de ce vaillant homme, lequel distribuait plus volontiers des estocades que des ca-
resses.

— C'est égal, fit-il en se ravisant, toutes les
précautions de M. André n'empêcheront pas la
rue des Malades d'être en poussière d'ici à deux
jours. Petit, veux-tu me rendre un grand service?

— Trente-six mille, capitaine !

— Eh bien! écoute. Tu es servant de caisson;
on se passera facilement de toi au rempart. Au
jour, tu t'en iras à ma maison, — fais attention, les

boulets pleuvent par là.—Tu diras à Mme Nicquet
d'emmener les enfants chez son frère, rue Saint-
André, et tu la conduiras : tu seras son protec-
teur. — Wattrelot, haussez d'un point le numéro
2, plongez le feu! plongez le feu! — Ovigneur reviendra à dix heures et ne quittera plus son bastion; moi, je vais prendre position ailleurs et je
ne sais pas quand je pourrai retourner chez nous.
Ça marche bien, mais il ne faut pas s'endormir.
Allons, va, Louis, et prends garde à toi, mon
enfant.

— Ça sera fait, M. Nicquet.

Et je redescendis en pensant en moi-même :

— Voilà un grand honneur que te fait ton supérieur, mon ami; il ne faut pas cependant que
cela trouble ta cervelle; mais tu vas bien plutôt
faire tout ton possible pour préserver tes jours
désormais précieux.

Il pouvait être une heure du matin quand je
rejoignis mon père, à qui je fis part des ordres
du capitaine Nicquet.

— Va, garçon, va à tes besoins; ce ne sont
pas les servants qui nous manquent ; nous avons
des volontaires plus qu'il n'est besoin.

De fait, j'avais remarqué dans les batteries un
grand nombre de gens sans uniforme qui roulaient
les caissons, rangeaient les gargousses, remuaient
les pièces, apportaient les boulets, qui étaient,

en un mot, tout à fait remplis de bonne volonté.

— Allons, Louis, me dis-je, je crois que tu peux t'absenter sans te mettre ta conscience à dos, car il demeure évident que, grâce à toutes ces bonnes gens, on peut maintenant défendre la ville sans toi.

Mais comme le jour était encore loin, je m'assis sur un affût en bourrant ma pipe. Au même moment, mon père éteignit la sienne, et, en se levant, dit à ses hommes :

— *Grosse-Marie* a fait sa sieste ; il est temps de la réveiller. En avant, citoyens !

Puis, se tournant vers moi et me montrant les traînées de feu que traçaient les obus et les boulets rouges en se croisant en l'air :

— Sois subtil, mon garçon. Ici, ça ne va pas trop mal, c'est nous qui envoyons les prunes de quarante livres ; mais en ville, au contraire, on reçoit celles des Autrichiens ; il y a plus de danger dans les rues que sur les ouvrages. Sois subtil, garçon !

Et je restai seul sur mon affût, derrière le parapet, à songer aux évènements mémorables qui étaient survenus coup sur coup depuis ces trois dernières années.

— Certainement, ton grand-père et ton arrière-grand-père ont vendu de la moutarde et du café dans la rue du Vieux-Marché-aux-Moutons pendant toute leur vie, sans se douter que l'heure de la délivrance des peuples était proche ; mais s'ils avaient pu seulement prévoir l'avenir, sois sûr qu'ils auraient volontiers donné pour rien leur fonds de boutique, à cette seule fin d'être à ta place. Oui, Louis, tu as la chance de vivre à une grande époque et d'avoir vu des choses dont on parlera encore dans les siècles des siècles. C'est pourquoi il faut te garder de commettre des actions mauvaises, et faire tous tes efforts pour rester à la hauteur de ton temps en pratiquant la vertu, c'est-à-dire la liberté, l'égalité et la fraternité.

IV.

LE 1er OCTOBRE

Ayant ainsi résumé toutes choses, je me mis à contempler la bonne ville de Lille, et je peux dire que le spectacle qu'elle présentait en ce moment était digne d'exciter l'horreur en même temps que l'admiration.

A gauche, je voyais, au milieu des ténèbres de la nuit, les flammes qui dévoraient le quartier de Fives se tordre et se contourner sur elles-mêmes comme des serpents de feu. De temps en temps, d'immenses volutes d'étincelles s'élevaient en se déroulant à l'infini : c'était une maison qui s'écroulait. Et la fumée que vomissait cet énorme brasier montait en masses épaisses, rougeâtres à la base, sombres et opaques au sommet.

En face, le quartier Saint-Etienne, achevant de se consumer, projetait une lueur sanglante sur le ciel noir et montrait çà et là un squelette de maison encore incandescent.

De tous côtés jaillissaient tout à coup des flammes claires et brillantes : c'étaient des boulets rouges qui arrivaient dans les greniers qu'ils mettaient en feu.

En levant les yeux, on voyait des courbes étincelantes qui flamboyaient dans l'air par cinquantaines à la fois, s'entrecroisant, se coupant, s'élevant plus rapides les unes que les autres, ou bien se terminant brusquement par une explosion.

Derrière moi, la ligne des fortifications tout en feu tremblait, foudroyait et tonnait sans interruption, pendant que sur l'esplanade, entre la caserne des Buisses et le rempart, des gens qui faisaient patrouille ou qui brouettaient des boulets passaient par troupes en chantant *la Marseillaise.* C'était grand, c'était beau et c'était sinistre.

Je suis resté, comme un fainéant, à regarder ces choses sans penser à rien. Ce n'est que quand j'ai vu le jour paraître que je me suis remis sur pied en me disant :

— Allons, Louis, il s'agit maintenant de montrer que tu es un homme.

Le capitaine Nicquet avait deux enfants, deux jolies filles, l'une de dix-sept ans et l'autre de neuf, qu'il aimait et soignait comme la prunelle de ses propres yeux ; pour sa femme et ses filles, M. Nicquet aurait volontiers tout sacrifié, oui tout, excepté la ville de Lille. Quand j'y repense, après tant d'années, je ne peux pas m'empêcher de penser que c'était tout de même un drôle de corps que ce capitaine-là, si crâne avec les matamores, si secourable avec les petits, si mauvaise tête et si bon cœur tout à la fois ! D'ailleurs, tous les vaillants sont ainsi faits, c'est le vieux Filtier qui vous le garantit, et il peut se vanter d'en avoir connu, de ces braves, depuis le siège de Lille jusqu'en 1809 !

Donc, au petit jour, j'ai filé subtilement par la rue Sainte-Marie-Madeleine et la rue du Vieux-Marché-aux-Moutons, à seule fin de jeter en passant un coup d'œil chez nous : notre maison était toujours à sa place, et Reboux, toujours sur ses jambes, dirigeait le sauvetage de notre vis-à-vis qui venait d'attraper son affaire. Ce qu'ayant vu, je continuai mon chemin par la rue du Dragon.

Tout le monde était dans les larmes chez M. Nicquet. Les fillettes sanglotaient, la tête sur les genoux de leur mère, qui s'efforçait de les calmer, bien qu'elle-même eût grosse envie d'en faire autant.

— Mon papa, mon pauvre papa, je veux voir

mon papa! criait la plus petite au milieu de ses suffocations.

La vieille Jeannette, le coin de son tablier relevé dans sa ceinture, courait, toute affolée, par la maison en poussant des *Jésus! Maria!* qui n'en finissaient pas, et Courtecuisse, un ancien que M. Nicquet avait recueilli et établi concierge des ateliers, se promenait sous la grande porte en jurant et en manœuvrant sa béquille d'une manière menaçante.

— C'est-il vrai ça, que mon capitaine est mort? hurla-t-il en me sautant à la gorge au moment où j'entrais.

— Veux-tu me lâcher, vieux balourd!

— Tiens, c'est Louis!

— Pour ce qui est du capitaine, ne t'inquète pas, les Kaiserlicks ne le mangeront pas... il est trop dur!

Comme j'apportais des nouvelles, je fus choyé plus que jamais par mes bourgeoises; on me fit déjeûner, puis il me fallut raconter tout ce que je savais, et répondre aux questions qui m'arrivaient de tous côtés à la fois.

Enfin, ayant réussi à tranquilliser mon monde, on se prépara à exécuter les instructions que j'avais apportées : maîtres et serviteurs s'empressèrent de réunir dans des coffres leurs objets les plus précieux, et s'apprêtèrent au départ. Courtecuisse seul résista si énergiquement que toutes les sollicitations échouèrent devant son obstination. Il demeura seul avec son ami Picard, le chien de garde, dont il partageait les opinions sur plus d'une matière, — ce qui fait à l'un et à l'autre plus d'honneur que vous ne croyez peut-être.

— Louis, me dis-je au moment où tout fut prêt, tu as sur tes épaules une responsabilité plus lourde que tous les paquets de fil que tu as jamais portés. S'il arrivait quelque malheur à Mme Nicquet, à Mlle Lise ou à la petite Angèle, tu n'aurais plus qu'à te faire tuer, car jamais tu n'aurais le cœur d'aller le raconter à ton capitaine. Ouvre donc l'œil, mon garçon ; c'est le moment de prouver que ta brave femme de mère n'a pas donné le jour à un imbécile !

Alors, je mis le nez à la porte de derrière que Courtecuisse venait d'ouvrir et qui donnait dans la rue du Molinel : les environs étaient tranquilles ; mais il n'y avait pas de temps à perdre, car le ralentissement du feu de l'ennemi provenait probablement de ce qu'il s'occupait à changer la direction de quelques-unes de ses batteries.

Je donnai le signal du départ. Mme Nicquet et sa fille aînée marchaient devant, suivies des serviteurs qui portaient les bagages ; moi, je formais l'arrière-garde, tenant par la main la

petite Angèle, laquelle eut bien du chagrin de
quitter ses camarades Picard et Courtecuisse.

Par la rue d'Amiens et la rue de Béthune,
nous gagnâmes la rue de l'Humanité, ci-devant
rue des Jésuites. Une fois là, je nous considérais
comme en sûreté, parce que les maisons, à part
quelques éclaboussures, y étaient encore intactes.

Huit heures sonnaient à la tour voisine comme
nous arrivions à la Croix-Sainte-Catherine, et déjà
j'éprouvais un grand contentement en pensant :
« Tu seras caporal, Louis, c'est sûr ! » lorsque
j'entendis crier Mlle Lise qui venait de tourner
le coin de la rue des Bonnes-Filles. Je me sentis
devenir tout froid ; d'un bond, je fus près d'elle,
et ce que je vis me mit en grande colère : des
gens de mauvaise mine entouraient les femmes
et les menaçaient en disant :

— Ce sont des ci-devant qui déménagent ! —
Ce sont des traîtres qui s'en vont en Belgique
par la porte d'Ypres !... — Ils emportent des
mille et des cents dans leurs grandes caisses,
faut leur prendre ! — Sans compter ce qu'elles
cachent sous leurs jupes... faut les trousser
ferme !

Je vis bien tout de suite à qui j'avais affaire :
c'étaient de ces fainéants qui grouillent au fond
des nations comme la boue vermineuse au fond
des rivières ; de ces lâches sacripans qui, pen-

dant que le vrai peuple se battait sur le rempart, poursuivait les obus ou éteignait les incendies, traînaient sournoisement dans les rues pour s'abattre sur les maisons en ruines, comme des corbeaux sur des cadavres.

— Ça, leur dis-je, tout frémissant d'indignation, c'est la famille du capitaine Nicquet que je conduis chez M. Degand, parce que leur maison est bombardée. Place !

Il y en eut qui s'écartèrent ; mais un grand roux, tout débraillé, voulut barrer le passage.

— Ouais, tu dis ça pour les tirer d'affaire ; moi, je sais bien que ce sont des ci-devant, je les connais ! répondit-il en ricanant.

Alors, je sentis des démangeaisons dans mes cheveux ; ça voulait dire : Louis va se fâcher tout à fait.

— Dis un peu, mauvais gueux, que je suis aussi un ci-devant, moi !

Comme je criais très haut, exprès pour attirer du monde, je vis accourir Buisine, le cabaretier des *Quatre Fils Aymon* et Dumetz, le quincailler de la *Grosse-Chaîne*.

— Regarde, sans cœur ! hurlai-je plus fort, en montrant mon uniforme et mes mains tout noircis, voilà de la bonne poudre des canons de Lille ! Ce n'est pas toi qui pourrais en montrer autant !

Au même moment, Het, qui travaillait dans sa

forge à faire des piques et des crochets pour la municipalité, arriva avec ses forgerons.

— Ho ! ho ! dit-il quand il sut ce qui se passait, le père Nicquet, un rude citoyen...

Et, regardant de travers mes gredins qui n'étaient déjà plus si fiers, il releva les manches de sa chemise le long de ses gros bras durs et noueux comme des cuisses de bœuf :

— Attention, garçons !

— Tapez dessus ! criait Buisine tout en courant : ce sont ces gueux-là qui ont attaqué la rue de la Barre, ce sont des traîtres !

Alors, mes gens se sont enfuis par la rue Doudin, sauf le grand roux et un autre. Ceux-là avaient de bonnes raisons pour ne pas s'éloigner : le maréchal les avait empoignés par le ventre, un dans chaque main, et les tenait aplatis contre les pavés. On les emmena à la Commune.

— Maintenant, vous pouvez aller à vos affaires, canonnier, la route est libre. Petit-Jean, ajouta-t-il, va-t-en avec le citoyen canonnier ; on ne sait pas ce qui peut encore arriver !

Ce Petit-Jean était une manière d'hercule qui aurait pu porter *Grosse-Marie* sur son épaule. Avec ce compagnon-là, on pouvait être tranquille ; et nous le fûmes en effet, car nous arrivâmes sans autre accident à la porte de M. Degand.

— Maintenant, Louis, me dis-je en soupirant

avec satisfaction, non seulement, tu es sûr et certain d'être caporal, mais il ne dépend plus que
de toi de parcourir une carrière brillante dans
le corps des Canonniers, car M. Nicquet te couvre
désormais de sa puissante protection.

Ayant promis à Mme Nicquet d'avoir l'œil sur
sa maison et de lui faire parvenir chaque jour des
nouvelles du capitaine, je partis du côté de la
Grand'Place pour continuer d'une façon ou d'une
autre à être utile à la nation.

J'ai rencontré depuis bien des gens qui m'ont
dit :

— Moi, à votre place, j'aurais fait tel ou tel
bon coup ! — Moi, qui suis brave naturellement
et que rien ne peut effrayer, j'aurais fait une
sortie à la tête des *lurons* de Saint-Sauveur et
j'aurais écrasé l'ennemi en le prenant par derrière. — Moi, j'aurais fait ceci ; moi, j'aurais fait
cela !

J'en ai entendu d'autres qui vantaient la bravoure et les ruses des Grecs et des Romains, pour
nous humilier par la comparaison.

C'est certainement un grand bonheur pour ces
gens-là d'être aussi bien doués ; et, pour ce qui
est des Grecs et des Romains, je confesse que
j'ignore si les Autrichiens les ont bombardés chez
eux, comme ils ont bombardé les Lillois ; mais je
n'en soutiens pas moins que les citoyens de Lille

se sont comportés, pendant le siège de 1792, aussi crânement que n'importe quel peuple en n'importe quel temps, et que les plus vieilles moustaches en ont été frappées d'admiration.

Vous concevez bien que quand des bourgeois, qui n'ont jamais fait tort d'un liard à personne et qui sont accoutumés à vendre leur toile ou leur bière tranquillement dans leur boutique, voient leurs devantures enfoncées par les boulets, leurs maisons écartelées par les obus, leurs compères et leurs parents massacrés, vous concevez bien qu'ils se trouvent contrariés et qu'ils se mettent un peu à crier.

C'est ce qu'ils ont fait le premier jour. Mais ils ont vite compris qu'ils pouvaient mieux employer leur temps et leurs forces, tant pour leur intérêt que pour la gloire de la nation ; et le lundi matin, en passant dans les rues, à mon retour de chez M. Degand, je vis bien que, tout à fait revenus de leur panique, ils étaient déjà non seulement habitués à la guerre, mais organisés de manière à réparer, autant que faire se pouvait, les désastres continuels des batteries ennemies.

Chaque rue était disciplinée comme Reboux l'avait fait pour la nôtre ; dans chaque quartier il y avait une pompe manœuvrée par une compagnie de bourgeois et d'ouvriers et un dépôt de piques à crochets pour abattre les toits enflammés. Aussitôt que des boulets rouges tombaient, ils étaient signalés par les guetteurs montés sur les pignons, poursuivis et noyés, et les enfants et les femmes les emportaient dans des brouettes qu'on menait à la Commune. Non, personne n'avait plus peur; au contraire, il y avait des gens qui péchaient par trop d'audace. Ainsi dans la rue Saint-Pierre, je vis une chose qui, tout en me pénétrant d'enthousiasme, me prouva jusqu'à l'évidence combien ceux qui disent que la sûreté est fille de la prudence, sont des hommes sages et bien avisés.

Louis Dupont, le tonnelier, avait juré qu'il n'arrêterait pas son marteau, à moins qu'on eût besoin de lui pour repousser l'assaut, et, de fait, coiffé d'un bonnet de liberté, il était là, sur son trottoir, resserrant ses douves avec son maillet en chantant en mesure :

Aux armes, citoyens! Formez vos bataillons!

Voilà qu'on crie d'une toiture: « Gare la bombe! » Les gens, entraînant leurs enfants, rentrent à la hâte dans leurs maisons; mais Dupont continue à taper sur son tonneau en répondant par un vilain mot que je ne répéterai pas par respect pour la compagnie; et je me jette à plat sur le ventre en pensant :

— Pourvu qu'elle ne tombe pas sur moi !

Au même moment, j'entends une détonation

effroyable, accompagnée de craquements de tous les côtés, de cliquetis de verre et de démolitions. Je me relève, en me serrant contre la muraille : le tonnelier ne chantait plus, il était étendu sanglant sur le pavé à côté de son tonneau en pièces. Un voisin arriva qui lui jeta de l'eau à la figure. Alors Dupont se souleva sur le coude, cria d'une voix rauque : « Vive la nation ! » et retomba : il était mort.

Et les bourgeois, qui n'avaient rien vu, sortirent de leur maison en répétant :

— Vive la nation ! mort aux Autrichiens !

Moi, je m'éloignai tout triste, en pensant que l'atelier de ce gai compagnon allait être muet désormais, et que sa femme et ses petits enfants n'auraient peut-être plus de pain à manger.

Comme je débusquais sur la Grand'Place, le commandant Desmazières et le lieutenant-colonel Danglas du 22e, avec un bataillon de la garde nationale, enfilaient la rue Esquermoise ; je vois un officier qui me fait des signes :

— Par ici, canonnier ; viens recevoir tes confrères !

C'était mon parrain, M. Lallou, le drapier de la Petite-Place.

— Bonne nouvelle, fieu ; le général Lamarlière arrive avec deux mille volontaires et les canonniers de Béthune !

— Allons-y, parrain.

Et je me mis à marcher à côté de lui jusqu'à la porte de la Barre. Le général et ses troupes attendaient, l'arme au pied, sur les glacis, la reconnaissance de la place, et, aussitôt que les ponts furent abaissés, ils entrèrent en fraternisant avec la garde nationale. Avec eux, étaient trente-sept canonniers bourgeois de Béthune, commandés par le lieutenant Bachelez et le sergent Carette.

Je ne peux pas dire que Béthune soit une ville imposante à voir ou plaisante à habiter ; non, je ne peux vraiment pas le dire, malgré toute ma bonne volonté ; mais je dois déclarer que ses habitants sont de courageux patriotes et qu'ils ont droit à la reconnaissance de tous les vrais Lillois, autant pour l'aide qu'ils sont venus leur apporter dans ces circonstances périlleuses que pour la bravoure dont ils ont fait preuve et la précision de leur tir.

Nous les avons menés à la Commune, où M. André leur a adressé des paroles cordiales et patriotiques, et leur a donné à déjeûner, parce qu'ils avaient grand'faim ; après quoi, on les a conduits à M. Guiscard, le colonel d'artillerie.

Les citoyens canonniers s'en venaient au bon moment, car les choses avaient terriblement changé depuis le matin, comme je pus m'en apercevoir en retournant chez nous. On peut dire, sans

exagérer, qu'il grêlait des bombes et des boulets.
Dans le quartier de Fives, il n'y avait plus une
seule maison intacte, et l'ennemi dirigeait maintenant son feu principalement sur la rue Saint-
Sauveur et la rue des Malades, tout en éparpillant
ses projectiles depuis la rue du Lombard jusqu'à
la porte Notre-Dame, si bien qu'on ne pouvait
plus faire le service des pompes qu'en risquant sa
peau.

Sur les Ponts-de-Comines, à cinquante pas
de moi, un même boulet, qui arriva en ricochant
par la place des Reigneaux, fit six morceaux de
deux hommes et d'un enfant qui causaient sur un
pont, en même temps qu'un obus, éclatant au
milieu de la petite rue des Morts, allait tuer et
blesser cinq personnes qui se croyaient en sûreté
dans leurs maisons.

— Louis, me dis-je en me mettant à courir,
tes galons de caporal ne valent plus quatre sous !

Vous pensez bien que dans la triste position où
se trouvait la ville de Lille, je n'avais pas le cœur
à la plaisanterie ; eh bien ! malgré toutes les misères de la patrie, je ne pus m'empêcher de rire
en tournant le coin de la rue Saint-Genois.

Il y avait là, avec deux trompettes de la garde
nationale, Cambier, le crieur de la ville, qui
publiait une proclamation de la municipalité en-
gageant les citoyens, vu la gravité des évènements,

à envoyer leurs femmes et leurs enfants dans les campagnes restées libres, du côté d'Armentières, en leur promettant, au nom de la République Une et Indivisible, des indemnités proportionnées à leurs pertes.

Le citoyen Cambier remplissait honorablement ses fonctions, et je n'ai pas besoin de dire que je ne me serais pas permis de gouailler un homme d'âge. Ce qui était drôle, c'était Sot-Cailleau qui ne le quittait pas d'une semelle et qui gambadait, promenant toujours avec lui son mannequin tout en loques, dans la bouche duquel, pendant que les trompettes sonnaient, il fourrait un entonnoir de fer-blanc ; puis, quand la grosse voix enrouée de Cambier s'élevait pour parler des infortunes du pays et du malheur du temps, il tombait sur son Kaiserlick à grands coups de bâton et lui arrachait à pleines mains ses entrailles d'étoupe. Cailleau se donnait beaucoup de mal, il suait sang et eau, et l'on voyait qu'il y avait de la rage dans le cœur du pauvre innocent; mais il était si bouffon qu'on était obligé d'en rire.

Lorsqu'il m'aperçut, il accourut à moi en traînant son marmouset par la patte :

— Cailleau a faim, me dit-il.

Alors seulement, je vis que de grosses larmes roulaient sur les maigres joues de ce malheureux et j'en fus remué jusqu'au fond des os. Vous

n'avez peut-être jamais vu pleurer un insensé ; ça
fait mal à considérer. Ses grands yeux semblaient
plus équarquillés que d'ordinaire et il grelottait
de tous ses membres, ce qui me fit deviner que la
sueur qui couvrait son front était causée plutôt
par la fièvre que par l'ardeur de sa bataille contre
sa marionnette.

— Cailleau a faim, répéta-t-il; Cailleau te con-
nait, tu as battu les méchants qui voulaient tuer
Cailleau....... Cailleau a faim.

— Eh bien, viens, Cailleau, la mère Filtier te
donnera une assiette de soupe.

Ça allait bien mal, chez nous ; l'ennemi avait
redoublé de furie ; parmi les voisins de notre rue,
de la rue Saint-Genois et de la rue des Augustins,
on comptait depuis le matin huit morts et une
bonne quinzaine de blessés; dehors, on ne pouvait
tenir, et dans les maisons on n'était guère plus
en sécurité. Des officiers municipaux, les citoyens
Mourcou, Mottez et Hautecœur, étaient venus,
au péril de leur vie, encourager les habitants des
rues les plus maltraitées, mais ils avaient dû se
retirer pour éviter une mort certaine. Toutes les
toitures étaient déchiquetées par les boulets, bon
nombre de maisons étaient par terre ; d'autres,
penchées tristement, n'attendaient plus qu'un
prétexte pour s'abattre, et comme, malheureusement, les Autrichiens nous envoyaient de ces

prétextes par milliers, on n'osait s'approcher de peur d'être écrasé.

Je ne fus donc pas étonné, en entrant à la maison, de voir les mines allongées. Les hommes étaient aux canons ; les femmes, seules et sans encouragements, venaient de décider qu'elles iraient habiter la cave, afin de se mettre au moins à l'abri des obus. Il arriva alors une chose lamentable, qui me fit dire en moi-même :

— Un bienfait n'est jamais perdu, Louis, c'est la pure vérité.

Voici comment. Cailleau, qui s'était arrêté dans notre boutique pour pendre son Kaiserlick après un crochet, apparut dans la cuisine au moment où ma mère, une chandelle à la main, ouvrait la porte de la cave.

Bondissant tout à coup par-dessus des chaises, il referma violemment la porte en repoussant ma mère, et, s'appuyant le dos contre la serrure :

— Cailleau ne veut pas ! dit-il, tout hagard.

— Qu'est-ce qu'il dit, cet animal-là ? cria la cousine Reboux en mettant les poings sur ses hanches.

Les autres femmes étaient tout effrayées; mais moi, je me dis tout de suite qu'il devait y avoir quelque chose là-dessous et que ce fou-là, loin d'être aussi bête qu'il en avait l'air, pourrait bien, pour l'instant, avoir plus d'esprit que Mme Reboux elle-même.

Je m'approchai de l'innocent : ses mâchoires tremblaient.

— Pourquoi ne veux-tu pas, Cailleau ?

— Vous mourrez tous... tous... Cailleau ne veut pas !

Et il étendait ses bras sur la porte. Je me grattais le nez, car je ne savais que faire, et tout cela n'était pas clair.

— Qu'est-ce que tu as, Cailleau ?

— Cailleau n'a plus rien... Cailleau n'a plus de lit, plus de maison, plus de pain... Cailleau n'a plus d'amis... Tout a croulé... Ils ont crié comme des damnés...

Puis, la bouche ouverte, la tête inerte et ballottante, il ajouta sourdement :

— Cailleau a faim.

Pour l'apaiser, on lui donna une écuellée de soupe qu'il dévora avidement, et, question par question, mot par mot, nous lui arrachâmes enfin une épouvantable histoire.

Dans les temps, Cailleau avait été charitablement recueilli par une brave et honnête famille de la rue de Poids, qui avait eu pitié de sa misère, et dans la maison de ces pauvres gens il avait retrouvé le pain de chaque jour et l'abri de chaque soir — action louangeable qui avait attiré aux Duparc la considération de toutes les bonnes âmes et l'affection exclusive du pauvre idiot. Or,

Sébastien Duparc se trouvant aux remparts avec la garde nationale au moment où l'ennemi avait concentré son feu sur le quartier de Fives, les femmes et les enfants avaient fait ce que ma mère se disposait à faire : elles s'étaient réfugiées dans leur cave pour fuir les projectiles qui foudroyaient leurs habitations, et, leur maison ayant été incendiée et écrasée par les bombes, elles avaient été ensevelies vivantes sous les ruines embrasées.

Cailleau, nous témoignant sa reconnaissance à sa manière, voulait nous préserver de cette horrible destinée.

Ma mère était devenue toute pâle, la langue de Mme Reboux semblait paralysée, et Victoire, qui était une amie de Julie Duparc, sanglotait, la tête dans son tablier. Moi, je laissai tomber ma cuillère : je n'avais quasiment plus faim ; Cailleau seul continuait à manger tout en pleurant, comme un pauvre fou qu'il était.

— Voilà cependant ce que produit la guerre, Louis, me disais-je en frémissant d'horreur. Si quelque mauvais gars assassinait traîtreusement un citoyen pour lui dérober sa bourse, on le pendrait, et tu dirais que c'est bien fait ; et voilà des hommes que nous n'avons jamais vus, qui habitent un pays bien loin, bien loin, des hommes qui ont aussi des parents qu'ils aiment, des hommes à qui tu aurais rendu service si l'occasion s'en était

présentée, les voilà qui viennent, même sans profit
pour eux, massacrer sans pitié des femmes et des
enfants! Que dirait Jésus le Nazaréen s'il voyait
ces choses? Il y a certains moments où l'on est
humilié d'être homme, par la raison qu'il y a
certains hommes qui déshonorent l'humanité!

V

LA NUIT DU 1ᵉʳ OCTOBRE

La patrie était en grand danger, je le sentais bien ; aussi je me disais avec une conviction sincère et une tristesse profonde :

— La République est perdue, Louis, si la ville de Lille succombe ; c'est clair comme le jour. C'est pourquoi il faut non seulement manœuvrer avec un courage véritable, mais encore avec une adresse particulière. Te faire tuer, toi qui es au fond un brave garçon, ce serait le fait d'un imbécile ; il s'agit de démolir le plus possible de ces envahisseurs maudits, tout en conservant intacte ta carcasse qui peut être encore utile à la nation par la suite des temps. Ouvre l'œil et marche droit !

Alors, je me mis à fumer consciencieusement

ma pipe tout en tirant mon plan. Un quart d'heure
après, je secouai vivement les cendres, je pris un
petit bidon rempli de victuailles pour le sergent
Filtier, et je partis résolument vers le rempart. Si
les gens avaient fait attention à ma démarche à ce
moment-là, s'ils avaient remarqué la façon dont
mon bonnet de police écrasait mon oreille gauche,
ils auraient pensé :

— Louis s'en va faire quelque mauvais coup !
Et ils auraient eu raison.

Je courus pendant plus d'une heure avant de
rencontrer le capitaine Nicquet ; enfin, je le trouvai : il était maintenant sur un avancé, entre la
porte de Tournai et le fort du Réduit, où il dirigeait le feu de six canons et de cinq obusiers. Il
avait toujours son écouvillon à la main, comme la
veille, seulement, toute sa figure était devenue
également noire : on aurait dit un beau grand
nègre.

Quand je lui eus raconté nos aventures du matin,
qu'il fut assuré que sa famille était en sûreté, il me
donna une si terrible poignée de main que je me
dis tout de suite :

— Si c'est comme ça quand le capitaine est
content, juge un peu quand il est en colère !

— Ah ! s'écria-t-il en soufflant comme un orgue,
enfin, je suis tranquille ! Maintenant, gare aux
Kaiserlicks !

— Regarde, petit, ajouta-t-il en m'entraînant sur le parapet et me montrant au loin la batterie du *Petit-Annappes* ; regarde-moi ces chiens-là, je vas les empêcher d'aboyer ! Chargeons, et vivement, garçons !

Et il se campa sur une grosse pièce de rempart. Je voyais son grand nez crochu qui se frottait sur la culasse, ses yeux qui flamboyaient derrière ses gros sourcils, et je pensais que Het avait bien raison de dire que c'était là un rude citoyen. Il tira douze coups. Après le douzième, la batterie du *Petit-Annappes* était muette comme une carpe.

— Tu diras ça de ma part à Reboux, petit.

Et l'écouvillon se remit à pirouetter tellement vite dans sa main que des baladins même en auraient été étonnés.

— Capitaine, je venais aussi pour vous consulter.

— Parle, mon garçon.

Alors je lui détaillai mon projet, et quand j'eus fini, il me frappa sur l'épaule en me disant :

— Tu es un brave enfant, mais tu es trop jeune, et puis tu es canonnier : ta place est dans la forteresse. C'est égal, ton idée est bonne et elle sera exécutée. Attends.

M. Nicquet tira d'un bissac de cuir tout ce qu'il fallait pour écrire, griffonna quelques mots sur un papier qu'il ferma et me remit :

— Tu vas porter ceci au capitaine Pottier, rue
des Tanneurs, et tu t'expliqueras avec lui. Va,
petit !

A la brune, j'étais à la porte de M. Pottier, le
fabricant de tabac de la rue des Tanneurs. En
entrant chez lui, on sentait une si bonne odeur
qu'il me semblait que ma pipe dansait toute seule
de jubilation au fond de ma poche. Le citoyen
Pottier, qui avait été élu au mois d'août capitaine
de la garde civique, était un homme tout jeune
encore, brave et aventureux, comme beaucoup de
Lillois de ce temps-là ; dans la ville, on racontait
de lui des traits d'une audace diabolique, et moi,
je connaissais son numéro, comme on dit, par la
raison qu'il avait fait plus d'une *partie de quilles*
en compagnie du capitaine Chabot.

— Te voilà, Filtier, quoi de neuf ?

— Une lettre de M. Nicquet, mon capitaine.

Ce soir-là, vers onze heures, le compère Martin, cabaretier à l'enseigne de *Notre-Dame-de-
Grâce* près de la porte Notre-Dame, était tout
content de voir ses bancs se remplir de buveurs,
ce qui ne lui était pas arrivé depuis longtemps ;
aussi, il se tenait devant son comptoir, les deux
mains à plat sur son gros ventre et la bouche fen-
due jusqu'aux oreilles.

Un petit crachet, qui fumait au bout d'une
corde, éclairait juste assez pour montrer vague-

ment le contour des objets et faire scintiller des fusils appuyés dans un coin. Dans l'ombre de la porte se tenait une sentinelle, et à chaque instant, une nouvelle pratique entrait en disant à voix basse : « *Chabot et Pottier* », allait déposer son arme auprès des autres et venait boire un coup. Bientôt il n'y eut plus de place dans le cabaret du père Martin, et l'on dut se grouper sous l'auvent.

— Voilà le capitaine, dit une voix, prenez vos rangs.

Chacun alla chercher son fusil, et on s'aligna devant le citoyen Pottier.

— En route, mes lapins, serrez les rangs, et surtout la baïonnette, rien que la baïonnette, quoi qu'il arrive, sinon pas un ne reviendra. Filtier, tu as les marteaux et les clous?

— Oui, capitaine.

— Alors, en avant, et vive la nation!

Cette nuit-là a été une drôle de nuit, je peux le dire, et quand j'y repense aujourd'hui, je me demande comment des gens raisonnables ont pu ainsi tenter Dieu. Mais, dans ces temps-là, les Lillois étaient si malheureux qu'ils ne tenaient plus à leur vie : ils en avaient fait généreusement le sacrifice pour le salut de la République, et puis ils avaient éprouvé tant de misères qu'ils en étaient devenus comme enragés.

Le ciel était aussi noir que l'intérieur d'une bélandre à charbon, et comme le vent soufflait du nord-est, la fumée des canons nous empêchait de voir les feux du rempart et même l'incendie de la ville. Nous avancions en colonne serrée sur un front de quatre hommes et sans faire plus de bruit qu'un mulot dans les feuilles, car nous avions des lisières autour de nos souliers. Nous avions pris par la route des Postes, afin d'être plus tranquilles, cachés que nous étions par les hauts talus de ces chemins creux. Je marchais en avant, à côté du capitaine, d'abord parce que c'était moi qui avait eu l'idée, ensuite parce que j'imitais très bien le cri du corbeau et de la chouette, et que c'était par le moyen de ces signaux que devaient se transmettre les commandements.

Aux Quatre-Chemins, nous avons tiré sur la gauche pour passer derrière le faubourg des Malades. Il faisait si sombre dans la campagne que le diable n'y aurait pas vu sa queue ; mais le difficile était de traverser la grande route, où nous allions nous trouver à découvert ; j'en avais d'avance la chair de poule et je me disais amèrement :

— Tu n'es qu'une fichue bête, Louis, de t'être fourré dans une pareille équipée. Si, au lieu de désobéir à M. Nicquet, tu étais resté tranquillement à fumer ta pipe auprès de Victoire, tu ne serais pas sur le point de te faire casser les os et tu aurais été caporal tout de même. Tu vois bien que tu ne fais jamais que des sottises, sans compter qu'il ne te sert de rien d'ouvrir l'œil, puisqu'il ne fait pas clair. Eh bien! tu as fait là un joli coup!

A cent pas de la grande route, comme nous traversions un bouquet de vieux saules, le capitaine Pottier m'a dit tout bas :

— Fais *couac*, Filtier.

Ça ne m'était pas difficile, car, sans vanité, je n'aurais pas craint, dans ce temps-là, la concurrence de tous les corbeaux du pays pour ce qui était de parler leur langage.

La colonne s'est donc arrêtée, à couvert sous les arbres. C'était bien. Mais voilà que ce damné capitaine ajoute :

— Va t'en voir un peu ce qui se passe sur la route.

Pour le coup, j'en suis devenu tout froid et j'ai eu une grosse envie de déguerpir ventre à terre par où nous étions venus.

— Allons, Louis, pensai-je, cette fois-ci, tout est bien fini, et tu n'as même pas la consolation d'écrire à tes parents ; voilà ce que c'est que de vouloir faire le fier-à-bras. Prends cependant toutes tes précautions pour te tirer de là ; mais il ne faut pas te faire illusion : si tu n'y laisses qu'une patte, tu seras un malin.

Par bonheur, il y avait tout près une belle haie
de sureau bien touffue ; j'ai fait un temps de
course à travers le champ qui m'en séparait, et
je me suis glissé subrepticement au milieu des
branches.

J'ai toujours aimé la verdure, mais je peux
assurer que jamais elle ne m'a paru aussi agréable
et bienfaisante qu'à ce moment-là.

J'ai donc réussi à gagner sans dommage le
fossé qui bordait le grand chemin, et je m'y suis
blotti, le nez en l'air, comme un lapin dans son
trou. C'est alors que je me félicitai cordialement
d'être le fils d'un homme prudent et avisé, et
d'avoir écouté d'une oreille respectueuse les exhor-
tations paternelles, car, si j'étais venu simplement
examiner les environs, les mains dans les poches,
en sifflottant un air de *Brûle-Maison*, je n'aurais
plus jamais retordu le moindre bout de fil, par la
raison qu'il y avait à quinze pas, au beau milieu
de la chaussée, un grand diable de fantassin,
l'arme au bras, qui n'était certainement pas là
pour enseigner la route aux passants.

Je fis le mort pendant quelques minutes, et je
l'entendis pousser le cri des sentinelles autrichiennes : « *Hutet eusch* ! » qui fut répété en
décroissant dans la direction de Seclin, mais
auquel personne ne répondit du côté de Lille.

— Bon, me dis-je, ce sont les avant-postes ;

en remontant un peu vers la porte, nous pourrons passer.

Je me repliai sur la colonne avec d'habiles précautions, tout en riant au dedans de moi-même et en m'adressant des éloges sincères :

— Louis, tu n'es positivement pas un homme ordinaire, et je te prédis une carrière aussi glorieuse qu'accidentée.

Et j'allai faire mon rapport au capitaine Pottier. Après avoir pataugé cinq minutes dans les labourés, nous traversâmes sans encombre les routes d'Arras et de Douai. Mais alors nous nous trouvâmes dans une position vraiment désagréable : nous étions pris entre le feu de la place et celui des assiégeants. Les bombes passaient au-dessus de nous, mais il n'en était pas de même des boulets, qui étaient tirés presque horizontalement, et qu'on entendait casser les arbres à quelques toises, sur notre gauche.

— Il n'y a pas à tortiller, Filtier, me dit le citoyen Pottier, il faut avancer droit sur les Autrichiens, si nous ne voulons pas être mis en hachis par les canons lillois.

Autant que j'en pouvais juger, nous devions être à la hauteur de la Noble-Tour. Nous fîmes un quart de conversion à droite, et nous marchâmes carrément devant nous, sûrs et certains de nous heurter sur les postes ennemis ; mais

il n'y avait pas moyen d'hésiter. En effet, à
peine avions nous fait trois cents pas, qu'on cria
sur notre flanc gauche :

— Wer da ?

— Tonnerre ! Nous sommes foutus, murmura
le capitaine.

Je me mis à trembler de tous mes membres,
et à tout hasard, sans trop savoir ce que je
disais, je répondis vivement :

— Gut freund !

C'était à peu près tout ce que je connaissais
de flamand. On ne tira pas : nous l'avions
échappée belle ; — ce qui démontre clairement
l'utilité des langues étrangères.

Nous approchions des tranchées : on voyait
le feu des batteries comme si on avait été dessus,
et le fracas de la canonnade nous permettait
maintenant d'avancer sans crainte d'être entendus. Un quart d'heure après, nous avions
dépassé les lignes ennemies en les laissant à
notre gauche, et nous étions en plein campe-
ment. Or, nous avions appris par le citoyen Van
Poucke, lequel avait réussi à s'échapper des
mains des Kaizerlicks, que sur les derrières, à
droite de la batterie du *Petit-Annappes*, l'ennemi
avait dressé un parc, où il tenait en réserve une
vingtaine de canons de siège : c'était là le but
de notre promenade.

— Nous approchons, attention !

Et le commandement passant de rang en rang, chacun s'apprêta à manœuvrer avec adresse et dextérité. On ne distinguait rien, tant on était assourdi et aveuglé par les batteries ; si bien que nous n'entendîmes le « *Wer da ?* » de la sentinelle que quand nous eûmes le nez dessus. On ne s'amusa pas à lui répondre, à celle-là : le capitaine lui plongea brusquement son sabre dans la gorge et l'on passa outre. A quelque distance était le corps de garde avec une autre sentinelle : c'était là ce qu'il y avait de plus compliqué dans l'entreprise, car une fois le poste emporté, les canons étaient à nous.

Le capitaine Pottier divisa la colonne en trois corps : l'un resta immobile pour assurer la retraite, le second devait aller aux pièces, pendant que le troisième cernerait le corps de garde et s'en emparerait à l'arme blanche, le bruit du combat devant être étouffé par la canonnade. Mais auparavant, il fallait supprimer le factionnaire, ce qui n'était pas commode.

L'ennemi avait établi le corps de garde de son parc de réserve dans une chaumière dont il avait peut-être égorgé les habitants, et la seconde sentinelle se tenait près du seuil en causant avec les soldats de l'intérieur. J'apercevais distinctement sa silhouette, qui se découpait en noir sur le cadre lumineux de la porte, et je me demandais comment nous sortirions de tout ce qu'il nous restait à faire, lorsque Roussel, dit Bras-de-Fer, sortit des rangs et s'avança vers la maison sans plus se gêner que s'il rentrait chez lui. Le soldat, pensant que c'était un de ses camarades qui rentrait, s'écarta un peu en le voyant venir dans l'ombre. Nous suivions Roussel à cinq pas de distance; nous le vîmes lever les bras et nouer ses mains d'hercule autour du cou de l'Autrichien qui s'affaissa sans lâcher un soupir.

— C'est le moment, va, Filtier, me cria le capitaine.

Et le laissant attaquer le poste, je courus droit aux canons avec cinquante gaillards munis de clous et de marteaux. A chacun son goût : moi, je n'ai jamais aimé beaucoup à massacrer les gens.

Avec nos doigts nous cherchions la lumière, nous y mettions un gros clou sans tête et nous tapions comme des sourds jusqu'à ce qu'il fut enfoncé au ras de la culasse. En moins de dix minutes le tour fut joué : nous en avions encloué vingt-six.

— Voilà des gueux qui ne démoliront toujours pas nos maisons, pays !

Les autres avaient vivement travaillé aussi : le corps de garde était nettoyé ; mais François Buquart, le boulanger, et Martin Delly, le passementier, avaient reçu leur compte, et cinq ou six, tout ensanglantés, se serraient le ventre ou se tenaient la tête ; on les emporta comme on put.

— En retraite et vivement, mes agneaux, il ne s'agit pas de lanterner.

Et à cinq heures du matin, nous arrivions, épuisés de fatigue, aux bastions de la porte Notre-Dame.

VI

LE 2 OCTOBRE

Vous croyez sans doute qu'en rentrant en ville après cette nuit mémorable, j'ai été me vanter sans mesure, disant aux uns et aux autres : « C'est moi qui ai eu l'idée de l'expédition glorieuse que nous venons d'exécuter ; c'est moi qui, sur la route d'Arras, suis allé en éclaireur jusque sous la barbe d'un factionnaire autrichien, lequel avait à la main un fusil chargé, avec une bayonnette pointue au bout ; c'est moi qui ai dit les mots flamands sans lesquels nous aurions tous été escoffiés ; c'est moi qui ai muselé vingt-six canons en leur fourrant dans le gosier un petit os qu'on aura du mal à leur extirper », et autres paroles vaniteuses du même genre

Eh bien ! vous vous trompez : je suis allé tout
droit me coucher. Et j'avais même tant sommeil
que je dormais quasiment tout en marchant, si
bien qu'il me serait aussi impossible de vous dire
quelles rues j'ai traversées pour rentrer à la maison que de vous raconter ce qu'il se passait dans
ces rues à ce moment-là, et que j'ai dormi jusqu'au soir sans m'arrêter.

Vous pensez peut-être aussi que je ne sais pas
les évènements qui ont marqué cette journée, et
vous allez vous dire :

— Voilà une chose fâcheuse ; c'est ainsi qu'on
ne peut jamais entendre un récit exact et complet
et qu'il reste dans l'histoire des nations des lacu-
nes vraiment regrettables.

On voit bien que vous n'avez pas connu la cousine Reboux, sans quoi vous ne parleriez pas de
la sorte. Cette personne honorable aurait fait
certainement une maladie grave si des circonstances imprévues l'avaient empêchée de parler
tout son saoûl ; aussi, malgré les dangers innombrables qui entouraient les gens assez hardis pour
parcourir les rues comme en temps ordinaire,
Mme Reboux voisinait et commérait dans les
environs ni plus ni moins que s'il n'y avait eu ni
siège, ni canons, ni bombes, ni Kaiserlicks. Ce
jour-là même, ce fut elle qui se chargea de porter à nos canonniers la pitance quotidienne. De

sorte que, la voyant passer avec son air gaillard
et résolu, les petits et les grands disaient en se
la montrant les uns aux autres avec admiration :

— C'est madame Reboux qui porte le dîner
à son homme ; ça fait une fameuse paire de patriotes, ces deux-là ! Bonjour, madame Reboux !

C'est elle-même qui m'a conté cela, le soir, sur
le coup de cinq heures, pendant que je faisais
mon repas.

Elle m'a dit encore des choses qui m'ont tout
à fait attendri. Le Pointeur, bien qu'il fut couvert
de gloire à cause de ses exploits, était un homme
simple et juste qui aimait tendrement sa femme.
Aussi, quand elle arriva au milieu des canons en
feu, des tas de boulets et des caissons pleins de
poudre, il comprit de suite les périls qu'elle
avait dû braver dans le seul but de lui apporter
à manger, et, pénétré de reconnaissance pour
cette brave citoyenne, il la saisit dans ses bras et
l'embrassa coup sur coup pendant plusieurs minutes. Voyant cela, un jeune canonnier de Béthune,
le citoyen Leclercq, se mit à pleurer en pensant
que, lui aussi, il avait laissé là-bas sa bonne ménagère et ses petits enfants pour venir secourir la
patrie et que peut-être il ne les reverrait plus.

La voix de Mme Reboux tremblait en narrant
ces détails, et moi j'avalais ma soupe, la tête cour-
bée sur mon assiette, et je voyais mes larmes

glisser une à une jusqu'au bout de mon nez ;
je me serrais contre, Victoire, que j'avais entou-
rée de mon bras gauche, je sentais son sein palpi-
ter sous la même émotion qui me suffoquait et je
me disais :

— S'il te fallait aussi quitter ta jolie Victoire,
Louis, est-ce que tu n'aimerais pas mieux mourir?

Le 2 octobre 1792, Reboux-le-Pointeur exécuta
des faits merveilleux — tant il est vrai que la
présence de ceux qu'on affectionne donne aux
gens du cœur à l'ouvrage. Il travailla si habilement, démolit si bien les batteries autrichiennes,
leur abattit tant d'artilleurs avec ses obus, que
l'ennemi fut obligé, à plusieurs reprises, de sus-
pendre son feu, notamment à deux heures de
relevée, où les assiégeants restèrent pendant une
grande heure, ne tirant plus que d'une dizaine de
pièces.

En entendant la cousine Reboux raconter ces
choses, je m'essuyai le nez et ne pus m'empêcher
de rire.

— Pourquoi ris-tu, garçon? demanda ma mère.

Alors, je racontai le bon tour que nous avions
joué la nuit précédente, en ajoutant que si les
Kaizerlicks avaient compté sur leur réserve pour
remplacer les pièces que le Pointeur et les autres
avaient endommagées, ils devaient être diantrement attrapés.

— Tu as fait ça, toi, toi, petit Louis ! s'écria
Mme Reboux toute effarée ; eh bien ! tu es un
homme, garçon, et un fameux encore ! Oui, cousine, je te le dis : c'est un fameux homme que ce
garçon-là... c'est un homme comme Reboux...
Vois-tu, c'est dans la famille, ça ; c'est dans le
sang !

Quant à Victoire, elle ne dit rien, mais elle leva
sur les miens ses deux grands yeux noirs et doux
comme du velours, et je me sentis frissonner jusqu'à la moelle des os.

Cependant, quoique les Lillois eussent donné
l'exemple de grandes vertus et eussent prouvé, en
pratiquant sincèrement l'égalité et la fraternité,
qu'ils étaient de vrais républicains, tout n'allait
pas pour le mieux dans la bonne ville de Lille. La
municipalité avait déclaré que les citoyens qui
offriraient asile à leurs frères sans abri trouve-
raient à la Commune de l'argent et la récompense
de leur patriotisme ; mais, bien que chacun eût
droit à ces indemnités, personne ne s'était pré-
senté, — par la raison que, quand on agit de cette
manière, c'est par bonté de cœur et non pour en
être payé.

Et pourtant, autant de briques tombaient, autant de gens se trouvaient sur le pavé, augmen-
tant le nombre de ceux qui n'avaient plus ni toit
ni pain, et la quantité des malheureux qui avaient

faim allait toujours croissant : la farine devenait
rare et se consommait vite, d'autant plus qu'il
arrivait incessamment des bataillons de volontaires qu'on était obligé de nourrir convenablement à cause de leurs grandes fatigues. Il paraît
que la municipalité et le conseil de guerre étaient
dans une grande inquiétude, car il eût été regret-
table de rendre la ville à cause du manque de
vivres, et d'un autre côté, ils n'auraient pas voulu
voir mourir de faim un peuple qui se comportait
si vaillamment. Les choses en étaient là, quand
un particulier, capitaine dans la garde nationale,
le citoyen Alavoine, vint mettre tout le monde à
l'aise en proposant un coup d'audace.

Je suis sûr et certain qu'il n'y a pas un seul
bon patriote, depuis Lille jusqu'à Béthune, qui
n'ait gardé au fin fond de son cœur un grain
d'amitié pour le vieux M. Alavoine. Vous l'avez
bien connu, vous autres, mes anciens, sa large
figure si joyeuse et si bienveillante que, rien
qu'en la voyant, on pensait :

— Cet homme-là, on n'a qu'à lui dire qu'on a
faim pour qu'il vous invite à dîner.

Je peux ajouter qu'il a rendu plus de services
au pays et tiré plus de gens d'embarras qu'il
n'avait de poils sur la tête (et cependant il jouis-
sait d'une bien belle chevelure). Aussi, les Lillois
l'avaient en grande estime et le considéraient

comme un homme précieux pour la nation, courageux dans l'action et judicieux dans le conseil.

Mais, pour ce qui était de la guerre, je dois dire que le citoyen Alavoine était fait pour être militaire comme moi pour être évêque : c'était une manière de grand savant, toujours le nez dans les livres, et ayant dans sa maison toutes sortes de machines singulières ; et je me suis même laissé dire qu'il connaissait, à un pouce près, la distance de la terre au soleil et la grosseur de la lune. Certes, si ces choses sont vraies, il faut avouer que M. Alavoine possédait une rare science; qu'il aurait fallu parcourir bien des pays pour trouver son pareil, et qu'on aurait dû le combler d'honneurs et de distinctions.

Mais il n'était pas fier ; de sorte que, au lieu de prétendre aux premiers emplois de la République, il restait simple bourgeois dans sa maison de la rue d'Angleterre.

Donc, le citoyen Alavoine, qui aimait que chacun fût heureux et content, ayant appris avec chagrin que beaucoup de braves gens allaient périr faute de vivres, par la raison que les greniers de la municipalité ne contenaient plus que des sacs vides, se présenta à la Commune le 2 octobre 1792, et adressa à M. André ce discours mémorable :

« Citoyen Maire,

» La férocité des despotes déchaîne sur notre

» ville la famine en même temps que la destruction
» et la mort. Si c'est le devoir des hommes libres
» de châtier les tyrans, c'en est un non moins grand
» pour eux de secourir leurs frères. Autorisez-moi
» à appeler des volontaires, et, avant deux jours,
» je vous aurai fourni une voiture de grains par
» dix hommes que vous me donnerez, ou bien je
» serai mort. »

Ainsi parla cet homme énergique. La municipalité, remplie d'admiration et d'enthousiasme, après avoir déclaré qu'il avait *bien mérité de la nation*, le renvoya muni de pleins pouvoirs, et, le soir même, à six heures, l'expédition de ravitaillement défilait en bon ordre par la porte de la Barre. C'étaient les chariots des citoyens brasseurs Vandamme, de la rue de la Baignerie, Delemer, de la rue du Grand-Magasin, Danniaux, de la rue de la Piquerie, et Vandenbogart, du quai de la Haute-Deûle, escortés de cent volontaires sous les ordres du capitaine Alavoine et du lieutenant Lallou, mon parrain, de qui je tiens ces détails.

A sept heures, on était à Lomme; à huit, on arrivait à Wez-Macquart, où l'on s'arrêta pour faire souffler les chevaux et se rafraîchir le gosier; puis on repiqua vers Armentières.

M. Alavoine, qui était un fin calculateur, avait manigancé son plan de la bonne manière. Il savait

que le pauvre monde doit suer pendant des jours
et des jours pour faire pousser le blé dans les
champs, et il s'était dit :

— Prendre par la violence le bien du paysan, ce
serait agir comme un Kaiserlick !

Conséquemment, il avait fait charger sur l'un
des chariots une grande caisse que quatre hommes
avaient eu de la peine à transporter, en déclarant
tout haut, de façon à être entendu par tout le
monde :

— Ça, c'est de l'argent pour payer le grain que
nous allons chercher. Veillez-y, citoyens !

Dès lors, il était bien sûr que personne n'y tou-
cherait.

Les Armentiérois, que l'on avait prévenus par
une estafette, attendaient la colonne et la reçurent
triomphalement, tant la bravoure des Lillois avait
touché ces hommes simples et justes. Les habitants embrassaient les volontaires, leur offrant
toute espèce de choses, leurs maisons et leurs
victuailles, et plusieurs d'entre eux donnèrent
des sacs de farine sans vouloir en accepter le
prix, notamment la famille Delangre, qui en
fournit une pleine voiture.

Vers le milieu de la nuit, le capitaine, ayant
acheté quatre autres chargements, en confia le
soin aux citoyens d'Armentières, renforcés de
trente gardes nationaux, qui se chargèrent de

les emmener à destination le lendemain, avec les
pompes que l'on attendait de Dunkerque, et il se
rabattit sur La Bassée, où, par l'influence de sa
famille, il espérait pouvoir compléter ses approvisionnements.

Cependant, le lendemain, quand le convoi de
vivres arriva à Lille et qu'on sut que c'était le
brave capitaine Alavoine qui envoyait cela, il y
eut grande allégresse parmi les malheureux. On
vit nombre de gens affamés, qui par patriotisme
avaient caché leurs besoins, suivre pas à pas
les chariots, qu'ils couvaient de leurs regards
anxieux ; on vit dans les rues, aux portes et aux
fenêtres des maisons, bien des pauvres femmes en
pleurs embrasser passionnément leurs petits
enfants tout pâles qui demandaient du pain, et le
nom d'Alavoine passa de bouche en bouche jusque
dans les ruelles les plus ignorées.

— C'est un brave, disaient des gens dont les
guenilles sanglantes, les yeux caves et les joues
creuses révélaient les horreurs inconnues du bombardement ; c'est un homme qui a des entrailles
pour le peuple ; pourvu que ces gueux de Kaizerlicks ne le tuent pas !

A cette occasion, il se passa à Lille une chose
remarquable et digne d'être transmise aux générations futures.

Vers les deux heures de l'après-midi, il y avait

grande affluence à la Basse-Deûle ; le quai en était encombré depuis le Pont-Neuf jusqu'à la rue à Claques : c'étaient, pour la plupart, de pauvres diables à qui la municipalité venait de distribuer de la farine, et qui mangeaient pour la première fois depuis quarante heures et plus. Les anciens du peuple étaient là, au milieu d'eux, délibérant sur ce qu'on pourrait bien faire pour remercier le généreux citoyen qui avait rendu aux Lillois un service aussi éclatant.

Après que les uns et les autres eurent exposé leurs sentiments, il fut décidé qu'une députation des *Vingt-Hommes* et des *Portefaix* s'en irait trouver la citoyenne Alavoine à cette double fin de lui exprimer la reconnaissance populaire et de l'inviter à venir, en leur compagnie et à leurs frais, manger un hareng-saur et boire une canette de bière au *Cat-Barré*.

Ces bonnes gens, bravant les bombes et les boulets, se mirent en route en chantant la *Marseillaise*, et ramenèrent avec eux la citoyenne, qui était, à cette époque, fraîche et jolie comme une vraie fille de Flandre. Elle marchait au bras du vieux Lepercq, le doyen des *rouleurs de vin*, embrassée et cajolée par les femmes, carressant les enfants, escortée par des milliers de compagnons qui n'avaient pas froid aux yeux, et l'on peut dire avec sincérité que Marie-Christine, l'*archi-*

tigresse d'Autriche, n'avait pas une garde qui put
se comparer à celle-là pour l'affection et la fraternité.

Le même soir, comme onze heures sonnaient à
la tour Sainte-Catherine, le capitaine et ses volontaires arrivaient à la porte de la Barre avec six
nouveaux chariots surchargés de vivres et une
charrette contenant cinq blessés, par suite d'un
engagement avec des maraudeurs autrichiens.

Quoiqu'on ne l'attendit pas si tôt, les gens du
quartier sont accourus lui faire escorte et l'accla-
mer, car c'était la vie pour eux et pour leurs
familles qu'il rapportait dans ses fourgons. Ignace
Cado, le paveur, tenant par la main sa petite fille,
s'approcha de lui et lui montra ses gros bras en
parlant au nom de tous :

— Nous en avons chacun deux, citoyen capitaine, et si vous en avez jamais besoin... suffit ! Je
ne vous dis que ça !

M. Alavoine riait en entendant cela ; on voyait
qu'il était content d'avoir obligé ce brave monde.

Enfin, après que le convoi eut été mis en sûreté
dans la cour de la Commune, après qu'il eut conduit les blessés chacun chez eux, il s'en retourna
à sa maison, et s'il n'a pas bien dormi cette nuit-là,
c'est qu'il n'y a pas de bon Dieu.

Le citoyen Alavoine n'a jamais voulu réclamer
l'argent qu'il avait dépensé pour le service de la

nation, non plus que les récompenses patriotiques auxquelles il avait droit : il est resté simple
rentier comme devant.

Il y a des gens qui assurent qu'un homme
averti en vaut deux : je ne sais mie si c'est vrai ;
mais je peux déclarer que quand on a bien dormi
et mangé à sa faim, on peut compter pour un et
pour un bon.

Moi, le soir du 2 octobre, non seulement j'avais
dormi et dîné, mais Mme Reboux avait prononcé
à mon endroit des paroles entraînantes, et Victoire m'avait brûlé le sang avec certains regards
qui vous retournent un homme ; de sorte qu'à ce
moment-là, si on m'avait dit d'aller étrangler le
tyran Albert derrière ses tranchées, j'y serais
parti tout de suite. Aussi je pensais, tout en
fumant ma pipe au coin du feu, et en faisant
tranquillement ma digestion :

— Il faut avouer, Louis, que tu es un garçon
particulièrement privilégié. Tu as dormi sur un
bon matelas, alors que tant de pauvres diables
n'ont plus de maison ; tu viens de manger une
soupe aux choux, du lard et des pommes de terre,
quand nombre de tes compatriotes n'ont même
plus une croûte à se mettre sous la dent ; ta
maison est intacte, à quelques égratignures près ;
tous tes parents sont en bonne santé ; Mme Reboux
te dit des choses agréables, ce qui n'est pas arrivé

à beaucoup de gens, et ton amoureuse te câline comme si tu étais son petit enfant. Oui, tu as une fameuse chance, et si les Kaiserlicks pouvaient s'en aller pendant que tu es ainsi au faîte de la gloire, ce serait pour toi une bien belle affaire.

Alors je mis ma pipe dans ma poche et je me levai pour aller voir, du côté des bastions, où en étaient les choses et si ces gueux d'Autrichiens n'allaient pas bientôt nous laisser tranquilles. J'embrassai tout mon monde, — car en ces jours-là, où la mort courait les rues, quand on se quittait on ne pouvait pas savoir si l'on se reverrait jamais.

De grosses larmes roulaient sur les joues de Victoire; elle se pendit à mon cou en se serrant si tendrement contre moi que j'eus une terrible envie de me rasseoir, et je l'eusse fait, oui, je l'eusse fait, au risque d'être blâmé par mes contemporains... Mais Mme Reboux était là, et j'avais grand'peur des reproches énergiques de la citoyenne. Je pris donc mon courage à deux mains, comme on dit, et j'ouvris la porte en soupirant.

— Arrive, Louis, l'hôpital brûle !

C'était Louis Mendez, le fils du corroyeur, notre voisin, qui m'appelait en passant. Mais j'étais tout triste d'avoir quitté Victoire, de sorte que je lui répondis brusquement :

— Eh bien ! que veux-tu que j'y fasse? Laisse-le brûler !

Il s'arrêta tout ébahi.

— Tonnerre ! Et les blessés, tu veux les laisser rôtir aussi ?

— Ah! c'est juste. Allons !

Il faisait déjà presque nuit, si on peut appeler nuit le jour rougeâtre qui remplaçait, vers les huit heures, la lumière du soleil. Nous nous mîmes à courir. J'avais cru qu'il était question de l'hôpital Saint-Sauveur ; mais en voyant Mendez enfiler la rue du Dragon, puis la rue du Molinel, je compris qu'il s'agissait du ci-devant couvent des Jésuites, dans la rue de l'Humanité, où l'on avait transporté un grand nombre de citoyens et de soldats blessés au service de la République.

C'était une grande et belle bâtisse en pierre, majestueuse à l'extérieur et magnifique au dedans ; en entrant, on voyait du premier coup d'œil que les anciens propriétaires étaient des gens de qualité. Mais dans ce temps-là, il n'y avait plus un seul jésuite sur le sol sacré de la patrie : je me suis laissé dire que le roi prédécesseur de Capet, jugeant qu'ils étaient dangereux pour le pays, les avait mis à la porte. Je ne sais point s'il a eu raison ou tort ; ça, ce n'est pas mon affaire ; ce que je vous en dis est simplement pour vous expliquer comment il se trouvait des blessés là où autrefois il y avait des jésuites.

Comme nous arrivions devant l'abreuvoir qui est près de leur palais, les flammes sortaient par les fenêtres des greniers, le plomb des gouttières tombait par larges gouttes qui s'applatissaient en clapotant sur le pavé ; et de temps en temps de nouveaux boulets rouges venaient s'enfoncer dans les toitures en feu du couvent ou des maisons voisines. On entendait dans l'intérieur les hurlements de désespoir que poussaient les malades surpris par les flammes ; on voyait les plus valides d'entre eux se presser aux fenêtres du premier étage, et là, ils se tordaient les mains avec frénésie, car ils étaient arrêtés par ces gros barreaux de fer qui font ressembler — je n'ai jamais bien su pourquoi — les châssis des couvents à des soupiraux de prison.

Beaucoup de citoyens, bourgeois et militaires, s'efforçaient de combattre le feu au moyen de deux pompes boiteuses et disloquées ; mais, malgré leur bonne volonté, ils arrosaient les assistants bien plus que l'incendie ; — ce que voyant, les officiers municipaux Selosse, Sheppers et Brovellio se mirent à crier :

— En avant ! Aux blessés ! et laissons brûler la bicoque !

Alors, ce fut un spectacle réjouissant pour le

cœur : tout ce qu'il y avait là de patriotes s'élança dans l'intérieur, au milieu de la fumée et des planchers qui s'enfonçaient, tandis que d'autres, montés sur des échelles, attaquaient les grilles des fenêtres à grands coups de pioche et de hache. On aurait dit un assaut.

Mendez et moi, nous sommes entrés avec M. Selosse, tout droit au premier étage, où nous avons organisé à la hâte un va-et-vient avec ceux qui se trouvaient sur l'escalier ; on descendait les plus malades avec leur matelas ; les autres on les prenait à deux bras et on les passait à son voisin, qui les passait à un autre, et ainsi de suite, jusque dans la rue. Pendant ce temps-là, nous entendions l'incendie crépiter au-dessus de nos têtes et nous apercevions des petites flammes qui frétillaient entre les poutrelles du plafond.

Je ne quittais pas de l'œil une grande fenêtre, que les amis du dehors achevaient de débarrasser de ses barreaux, et je me disais :

— Attention, Louis, si les choses se gâtent, c'est par là qu'il te faut filer. Ouvre l'œil, mon bonhomme !

Tout à coup, M. Selosse cria dans le corridor :

— Le haut est vide. En bas, tout le monde !

Et Mendez, qui était près de la porte, se précipita dans l'escalier en m'appelant :

— Gare à toi, Filtier !

Au même moment, tout s'ébranla, les plafonds
s'ouvrirent, et, comme je sautais par la croisée,
toute la toiture s'effondra, entraînant les char-
pentes au milieu d'un effroyable tourbillon de
flammes et d'étincelles. Mais j'étais déjà par terre,
tant il est vrai qu'on est subtil quand il s'agit de
sauver sa peau.

Le rez-de-chaussée, qui était solidement voûté,
avait résisté au choc et préservé ceux qui s'y trouvaient; mais je compris vite que les malheureux
qui s'étaient laissé surprendre dans l'escalier et
dans les corridors n'avaient pas eu la même chance:
il s'y était formé une épouvantable fournaise dont
on ne pouvait approcher.

Quand je vis ces choses, je tremblai de tous mes
membres, mes jambes se dérobèrent sous moi;
puis, je me redressai, je me précipai éperdument
à travers tout, sans plus m'occuper des flammes
que des blessés, et en criant de toutes mes forces:

— Mendez! Mendez! Par ici, Mendez!

J'ai couru ainsi pendant un gros quart d'heure;
j'ai traversé et retraversé toutes les salles, les
préaux, les cours, et c'est miracle que je n'ai pas
laissé mes os au milieu de ces écroulements. Enfin,
épuisé, désespéré, sûr et certain que mon pauvre
camarade avait été englouti dans les ruines, victime
de son dévouement à la nation, je m'assis sur les
marches de la chapelle et, la tête dans mes deux
mains, je me mis à pleurer amèrement.

Un homme qui pleure, c'est toujours preuve de grande misère ; aussi, l'on voit tout aussitôt les bonnes gens se rassembler et se questionner les uns les autres avec une profonde sollicitude : — «Qu'est-ce qu'il a ? — Son père vient d'être écrasé ! — C'est sa femme qui s'est cassé la jambe ! — Sa mère a été brûlée vive ! — Vous n'y êtes pas : toute sa famille a été ensevelie sous sa maison, qui s'est écroulée ! »

J'entendais tout cela et bien d'autres suppositions agréables, quand deux voix plus jeunes et plus sympathiques s'élevèrent près de moi :

— Tiens, un canonnier !

— Il est blessé : il tient sa tête !

— Il va peut-être mourir : c'est triste.

— Pauvre homme! Mais non, on dirait qu'il pleure !

— C'est peut-être parce qu'il a du mal.

— Demande-lui un peu ce qu'il a.

— Je n'ose pas, Marianne !

— N'aie pas peur ; je vas lui demander, moi ! Eh ! citoyen !

Alors je levai la tête : c'étaient Price et Marianne, deux bambins de Saint-Sauveur, que je connaissais bien et qu'on appelait dans le quartier *les petits amoureux*, à cause de leur grande amitié.

On voyait bien que les pauvres petits n'avaient pas toutes leurs aises dans ces temps difficiles,

leurs vêtements étaient presque en loques, leurs
pieds étaient nus dans leurs sabots et ils étaient
coiffés l'un et l'autre de vieux bonnets de police à
cocarde tricolore, défroques de quelque soldat
charitable. Le garçon portait un tambour, presque
aussi grand que lui, pendu à ses épaules par un
baudrier trop large qui lui montait jusqu'à l'oreille;
il tenait d'une main des baguettes aussi longues
que ses jambes et son autre bras s'appuyait autour
du cou de sa compagne.

— Seigneur! c'est monsieur Filtier!... Vous
avez bien du gros chagrin, monsieur Filtier?

— C'est qu'il y a des braves qui sont morts là-
dedans, mes enfants!

A ce moment, le citoyen Brovellio passa en
courant et en criant :

— Le rappel, tambours, le rappel! Tout va
tomber!

Petit-Price saisit crânement ses baguettes et se
mit à battre des *ran* et des *ranplan* qui eussent
fait honneur à un ancien. Mais comme l'enfant
n'était pas solide, il en eut vite assez; alors, il
sortit vivement de dessous son baudrier et repassa
la caisse à Marianne, qui continua vigoureusement la batterie.

Ça faisait plaisir à voir. Ah! les Lillois de ce
temps-là, on peut dire que c'étaient de véritables
patriotes!

Et Price et Marianne étaient deux braves cœurs. Je les ai retrouvés plus tard à la 22e demi-brigade, puis à l'Hôpital-Général, bien des années après... C'est une histoire singulière et atten-drissante, dont on parlera encore bien longtemps dans les vieilles maisons du quartier Saint-Sauveur.

Célestin et Joseph Price étaient deux bons lu-rons, charpentiers de leur état, qui avaient épousé deux sœurs, leurs amoureuses. Ils habitaient la même maison, rue du Curé-Saint-Sauveur, et ils étaient si amiteux les uns envers les autres qu'on aurait dit qu'ils avaient toujours vécu ensemble. Le même jour, Célestin eut un garçon et Joseph une fille, ce qui causa une joie profonde dans la famille. Tout allait pour le mieux ; ils étaient heureux comme des gens qui s'aiment bien et qui n'ont jamais fait de mal à personne, quand un jour Célestin se laissa choir du haut d'une char-pente qu'il ajustait et se tua sur le coup.

Joseph en ressentit une grande douleur, mais il la renferma au dedans de lui-même et dit à sa ménagère :

— Maintenant que j'ai deux femmes et deux enfants, je vais avoir du courage pour quatre.

Et il fit comme il avait dit ; et les petits, en grandissant, semblèrent avoir hérité de l'amitié qui avait uni leurs parents : si bien que Marianne ne chercha jamais d'autre amoureux que Price, et Price jamais d'autre amoureuse que Marianne.

Mais, entre eux, c'était tout le contraire de ce qu'on voit d'habitude : Price était petit, pâle et frêle, tendre et craintif, tandis que sa maîtresse était une belle et vigoureuse fille, solide comme un grenadier et hardie comme une vivandière ; aussi, c'était elle qui protégeait la communauté, et elle soignait et dorlotait son amant comme elle eut fait d'un enfant malade.

En 1804, Price avait été réformé à cause de son corps chétif et délicat ; mais quelques années plus tard, voilà que, par suite des infortunes de la patrie, on appelle aux armes toute la jeunesse du pays ; on n'écoute plus rien, ni excuses ni certificats : bon gré mal gré, il faut partir.

Quand Price apprit ces choses de la bouche du vieux Merlin, le sergent de ville, il faillit en mourir de désespoir. Pendant des jours et des nuits, il resta dans sa maison à sangloter sur les genoux de Marianne, qui serrait sa tête contre sa poitrine en disant tristement :

— Mon fieu chéri ! mon pauvre mioche !

Enfin, comme elle le voyait dépérir, cette brave fille prit une résolution intrépide et généreuse qui prouve clairement que les citoyennes de Lille n'ont pas dégénéré depuis Jeanne-Maillotte : elle se déguisa et partit avec lui en qualité de tambour.

Après bien des misères et des dangers, elle est revenue au pays, toujours avec lui, en 1815, et les gens de Saint-Sauveur, en mémoire de cette belle action, l'ont surnommée *Marianne-Tambour*.

Je vous ai raconté cette histoire, afin que vous la transmettiez à vos descendants comme une leçon profitable et un grand exemple de dévouement ; mais au moment où ces enfants battaient le rappel dans la rue des Jésuites, on ne songeait pas encore à ces choses-là : il s'agissait seulement d'empêcher les patriotes d'être écrasés par les ruines du couvent, comme l'avait été Louis Mendez, le fils du corroyeur.

Une heure après, il ne restait plus devant les décombres fumants et les murs noircis qu'un piquet de gardes nationaux ; tous les blessés avaient été recueillis par les bourgeois, et les citoyens étaient allés porter ailleurs leur force et leur courage. Les occasions et les besoins ne manquaient pas, car maintenant que les quartiers de Fives, des Malades et de Saint-Sauveur étaient presque entièrement par terre, l'ennemi continuait ailleurs ses démolitions, et on disait qu'il commençait à y avoir de la casse du côté de la Croix-Sainte-Catherine.

Moi, j'étais bien triste et bien embarrassé : je m'étais remis sur mes jambes, mais je restais en place, les mains dans les poches et la tête basse, comme un imbécile.

— Tu n'auras jamais le cœur d'aller dire à
Mme Mendez que son enfant est mort au milieu des
flammes ; non, tu n'en auras pas le courage; on
ne dit pas aux gens des choses comme celle-là...
Et cependant, si tu ne le dis pas, comment le
saura-t-on ? Je pense, Louis, que le mieux que tu
puisses faire dans ces circonstances pénibles, c'est
d'aller demander conseil au citoyen Filtier, ton
père et sergent. Oui, c'est certainement ce qu'il y
a de mieux.

Et, poussé par ces réflexions judicieuses, je me
mis en route pour le rempart des Buisses.

VII

LE 3 OCTOBRE

Or, depuis le 30 septembre, le sergent Filtier n'avait pas quitté sa batterie. En cela il avait agi, je dois le dire, comme bon nombre de canonniers intrépides, parmi lesquels je peux citer les capitaines Ovigneur et Niequet, les lieutenants Duhamel, Delecocq, Tilman, Dhellemmes et les sergents Froidure, Waymel, Boussemart, Castel, Dusart et bien d'autres encore. Aussi, du premier coup d'œil, je vis qu'il avait grand besoin de repos, et comprenant qu'il était de mon devoir de conserver à la République un aussi brave serviteur, je l'engageai à aller se coucher. Il commença par m'envoyer à tous les diables ; mais le sergent Desreumaux, l'amidonnier de la rue des

Bouchers, intervint et le décida en lui disant :

— Si tous les patriotes se font crever à la peine, comment nous défendrons-nous après ? Va dormir jusqu'au matin, Filtier ; je ferai ton service pendant ce temps-là, et tu nous reviendras demain frais comme l'œil.

Alors, il consentit à s'en aller et se chargea de la terrible mission auprès de Mme Mendez. Moi, je me mis à servir aux caissons, et comme je m'étais refait la nuit précédente, je peux bien dire que *Grosse-Marie* ne manqua pas de nourriture.

Notre service avait même marché si crânement, que le matin, vers les six heures, le lieutenant Duhamel, qui avait admiré notre feu, nous dit avec satisfaction en désignant notre pièce :

— En voilà une gourmande ! elle avale des gargousses que c'est une bénédiction !

A quoi le caporal Morel, qui a toujours été un joyeux compagnon ayant le mot pour rire, répondit en caressant la culasse de *Grosse-Marie* :

— Et comme c'est une citoyenne bien apprise, elle crache tous les noyaux, encore !

Malheureusement, M. Duhamel n'était pas le seul qui eût remarqué la bonne volonté du rempart des Buisses : les Autrichiens avaient fait la même observation, et ils nous envoyèrent des compliments de quarante livres dont nous nous serions bien passés.

Nous étions tous à rire et à goguenarder, quand une volée de boulets arriva de notre côté, faisant sauter la terre et les briques de la muraille, démolissant les caissons et les artilleurs, et je vous prie de croire qu'on ne s'est pas amusé à regarder par-dessus les talus de qui nous venaient ces dragées-là.

— Tonnerre ! faut répondre à çà, s'écria Desreumaux, debout contre l'affût.

Mais au même instant, comme il s'apprêtait à vérifier le pointage, une nouvelle volée s'abattit sur nous, et l'un des boulets, broyant en passant l'une des cornes de l'embrasure, frappa le sergent et le renversa sous les roues, la poitrine fracassée.

Certes, depuis quatre jours et quatre nuits que la rage sanguinaire des tyrans s'acharnait sur la ville de Lille, nos yeux auraient dû être accoutumés à voir écraser nos pauvres maisons et massacrer les bonnes gens ; mais il faut croire qu'il y a des choses contre nature auxquelles on ne s'habitue jamais, car, à la vue de Desreumaux frappé mortellement presque dans nos bras, nous demeurâmes atterrés. Le lieutenant Duhamel, qui reprit le premier ses esprits, eut beau s'écrier d'une voix solennelle : « Il est mort comme un brave ; vive la nation ! » personne ne répondit. Chacun se remit à l'œuvre d'un air morne et sans mot dire.

Mes mains tremblaient en prenant les gargousses ; je ne pouvais détacher mes yeux de ce
cadavre ensanglanté et la colère me mordait au
cœur.

— Voilà ce que c'est que la guerre, Louis !
Voilà un homme inoffensif, un honnête amidonnier qui n'a jamais vendu à faux poids, qui a
travaillé pendant des années et des années pour
faire un sort à sa famille, et qui ne savait peut-
être pas, il y a un an, qu'il y eut des Autrichiens
au monde ; et il a suffi du caprice d'un mauvais
gueux de ci-devant pour anéantir en une minute
le bonheur de toute une famille ! Cordieu ! l'homme
est la plus méchante bête qui existe !

Alors, voyant que je ne faisais plus rien de bon,
j'ai repassé le service à un autre et je suis parti
vers les avancées de Fives pour prendre les ordres
du capitaine Nicquet.

Comme je venais de passer la porte, je m'a-
perçus qu'il y avait du nouveau de ce côté-là :
un grand nombre d'officiers et de soldats étaient
rassemblés au pied de la contrescarpe et paraissaient s'entretenir avec animation. Je reconnaissais de loin M. Bryan, le colonel de la garde
nationale, les commandants Tiberghien, Fiolet,
Delattre, Jourdain, ainsi que le colonel d'artillerie Guiscard et le commandant du génie Garnier. Je me mis à courir pour savoir plus vite
de quoi il s'agissait.

Il y avait là, au milieu d'eux, cinq hommes qui arrivaient tout droit des tranchées ennemies dont ils avaient réussi à s'échapper : c'étaient quatre soldats belges et un particulier de Lannoy, le citoyen Bolle, que les Kaizerlicks avaient emmenés par force et obligés à travailler avec eux en les encourageant à coups de fouet et de plat de sabre. Il paraît que les Belges n'avaient pas été satisfaits du régime, car, après avoir comploté leur évasion avec le Français désireux de venger l'injure de la patrie, ils avaient déserté carrément, au risque d'être taillés en pièces par le feu de la place.

Vous pensez bien que les renseignements qu'ils apportaient étaient intéressants ; aussi l'état-major réuni autour d'eux ne manquait pas de dresser l'oreille, tout en les louant pour le courage qu'ils avaient montré dans leur entreprise.

D'après leur dire, l'ennemi avait perdu plus de trois mille hommes, et un grand nombre de ses pièces étaient hors de service, si bien que les troupes commençaient à se décourager. On avait dû avoir recours à des récompenses onéreuses et faire venir des canons de Tournai pour remonter presque toutes les batteries. Le grand-duc Albert avait promis à ses soldats le pillage de la ville, et deux mille florins à celui qui abattrait l'un des deux commandants des avancées

(M. Nicquet au bastion de droite et M. Ovigneur
à celui du *Petit-Pâté*); de plus, la princesse
Christine d'Autriche devait arriver dans la journée pour relever par sa présence le courage des
assiégeants.

Si vous aviez été là pendant que le citoyen Bolle
racontait ces nouvelles, vous auriez pu faire des
études comparatives sur les différentes manières
dont la joie se manifeste selon le caractère des
gens : les plus graves se contentaient de sourire
en se caressant le poil ou en se frottant le nez
d'autres croisaient leurs bras en se fendant la
bouche jusqu'aux oreilles; il y en avait qui don-
naient de grands coups de poing à leur voisin, et
même les canonniers Auguste Desquiens et Louis
Soyez se mirent à danser la carmagnole d'un air
qui signifiait bien des choses.

Moi, qui étais tout près des citoyens officiers
Guiscard et Garnier, je les entendis se dire l'un à
l'autre :

— Il est évident que l'ennemi faiblit; il ne faudrait qu'un *coup de chien* pour l'écraser.

— Malheureusement, nous ne sommes pas en
nombre pour tenter une sortie efficace, et nos
braves sont exténués.

— Cherchons autre chose. Combien avez-vous
de canons disponibles à l'arsenal ?

— Une bonne centaine et vingt-huit mortiers
de gros calibre.

— Voilà l'affaire ! Vingt-huit mortiers sur le rempart du Réduit, et je réponds de tout. Il ne s'agit que de monter cela grand train.

Alors je me suis retourné :

— Sauf respect, mon colonel, s'il n'y a que les bras qui vous manquent, je vais vous en apporter de quoi rebâtir la tour de Babel.

— Affaire entendue, canonnier.

J'ai pris ma course ventre à terre à travers les ponts et les rues sans plus faire attention aux bombes et aux boulets qu'à des boules de neige. J'étais tout content, je ne me souvenais plus des tristes choses que j'avais vues quelques heures auparavant ; je filais comme une diligence accélérée, en pensant en moi-même :

— Hue, Louis ! hue, Louis ! Les temps sont accomplis, et tu vas voir démarrer toute cette bande d'assassins ! Les bonnes gens de Lille pourront désormais fumer tranquillement leur pipe en buvant leur canette de bière. Tu épouseras Victoire à la Noël et tu élèveras tes enfants dans l'amour de la paix et dans l'admiration des exploits de leur père !

J'ai parcouru tour à tour la Placette-aux-Oignons, la Haute et la Basse-Deûle, le carrefour de la Baignerie et le quartier du Molinel, entraînant des centaines et des centaines de gaillards déterminés qui s'engouffraient derrière moi dans les rues trop étroites, en hurlant à plein gosier :

> Amour sacré de la patrie,
> Conduis, soutiens nos bras vengeurs.
> Liberté, liberté chérie,
> Combats avec tes défenseurs.
> Sous nos drapeaux que la victoire
> Accoure à tes mâles accents ;
> Que tes ennemis expirants
> Voient ton triomphe et notre gloire !
>
> Aux armes, citoyens ! formez vos bataillons !
> Marchons, marchons,
> Qu'un sang impur abreuve nos sillons !

Maintenant que nous sommes loin de ces temps-là, maintenant que les peuples ont horreur de la guerre parce qu'ils ont compris qu'ils y jouent un rôle de dupe, vous ne pouvez plus concevoir l'enthousiasme qui poussait tous ces braves vers le rempart ; tout le monde voulait venir, aussi bien les femmes et les enfants que les hommes, tant on était exaspéré contre la barbarie de l'ennemi. De temps en temps, un boulet passait à travers les rangs en y laissant une longue traînée sanglante, ou bien un pan de mur, en s'abattant, mordait un coin dans la masse : le chant patriotique continuait sur un ton plus lugubre, mais on marchait et le cortège augmentait tout de même.

Les citoyens Guiscard et Garnier, avec le général Champmorin, nous attendaient sur la place du Réduit, à l'entrée du fort. Là on s'organisa : le commandant Garnier choisit cent hommes pour l'installation de la nouvelle batterie, les autres partirent avec le colonel Guiscard pour prendre les pièces et les caissons à l'arsenal; et les Autrichiens eurent beau redoubler leur feu d'enfer, on travailla sans débrider toute la journée et toute la nuit. Ce fut à peine si l'on prit le temps de casser une croûte vers les huit heures.

Au point du jour, les vingt-huit mortiers étaient en place, prêts à tirer. Ils étaient si gros et si bouffis sur leurs affûts, qu'on aurait dit des chanoines dans des stalles d'église; le vieux M. Gruson, à qui j'en fis la remarque, se mit à rire et me dit :

— Oui, mon garçon, mais tu vas voir quelles drôles de vêpres ils vont chanter !

VIII

LE 4 OCTOBRE

Qui hésiterait à proclamer que la ville de Lille avait déjà donné à la nation de mémorables preuves de son patriotisme? Personne; évidemment, personne. Et l'on peut ajouter, sans crainte d'être démenti, que dans le pays entier il aurait suffi à un citoyen dans la peine de dire: « Je suis Lillois, » pour trouver partout aide et protection. Dans toutes les cités de France, depuis Dunkerque jusqu'à Marseille, depuis Brest jusqu'à Strasbourg, on faisait des souscriptions spontanées, des offrandes volontaires pour adoucir les misères des braves citoyens de Lille. C'est que tous les Français savaient bien que nos remparts étaient comme qui aurait dit les boucliers de la patrie, et qu'une fois ces boucliers renversés, c'en était fait de la République.

Nous n'étions pas sans le savoir aussi, nous autres; c'est pourquoi nous combattions avec courage au milieu de toutes nos souffrances; c'est pourquoi, plutôt que d'acheter notre tranquillité au prix d'une capitulation, nous regardions, la rage dans le ventre, mais sans faiblir, les maisons où nos mères étaient nées s'écrouler sous les bombes, la ruine envahir nos familles, la faim amaigrir le visage aimé de nos femmes, la mort frapper sans relâche tout autour de nous.

Eh bien! tout ce que nous avions enduré depuis cinq jours que nous vivions comme des démons au milieu du feu et du sang, tout cela n'était rien auprès de ce qui allait nous arriver, non, ce n'é- tait rien! Car les Autrichiens, qui avaient en quelque sorte ménagé la ville dans l'espoir de s'y loger et de la piller pour leur compte parti- culier, comprenant bien maintenant qu'ils n'é- taient pas assez malins pour y entrer, et qu'ils devraient s'en aller l'oreille basse, commencèrent à faire le mal comme à plaisir et à détruire le plus possible, afin de faire parler d'eux.

J'ai appris, par la suite des temps, qu'il existe de par le monde pas mal de méchantes gens qui mettent leur honneur à faire souffrir autrui. On me l'aurait dit à cette époque que je ne l'aurais pas cru. C'est cependant vrai, et les Kaiserlicks étaient de ceux-là.

Aussi, quiconque n'a pas vu la ville de Lille le 4 octobre 1792 ne sait pas ce que c'est qu'un bombardement ; non, il ne le sait pas.

Ecoutez-moi ça !

Sur la fin de la nuit, comme nous mettions la dernière main à la batterie du Réduit, l'ennemi avait modéré son tir ; nous en étions tout contents, et, le jour arrivé, nous causions gaîment avec quelques vieux bourgeois qui étaient venus clopin-clopant, appuyés sur leurs *crochettes*, deviser, la tabatière à la main, en regardant les travaux qui devaient délivrer la ville.

Ces bonnes gens se disaient entre eux, de leurs voix cassées :

— Il me semble qu'on tire moins fort ?

— Mais oui, ça ralentit.

— Allons ! il n'y a plus que patience à prendre et tout rentrera dans l'ordre.

— C'est égal, ça a été bien dur !

— Ah ! oui, les temps sont bien pénibles !

Et autres propos du même genre ; et ils bâtissaient leurs petits projets, ils parlaient de reprendre leur existence paisible des anciens jours et leur promenade quotidienne, au faubourg, sur le midi, quand le soleil est chaud. Ça me faisait plaisir à entendre, et je revoyais au fond de ma

mémoire mon bonhomme de grand-père, qui était
mort l'année d'avant, partant lentement à sa
promenade habituelle le long du trottoir, avec sa
culotte bleue, ses souliers à boucles, sa capote de
ratine et sa longue canne d'ébène.

Mais il y avait là, travaillant à côté de moi,
Duméril, qui était concierge de l'hôtel et tambour dans la compagnie Nicquet, un grand sec à
long nez et à moustache grise; on disait par plaisanterie, dans les canonniers, que le capitaine le
protégeait parce qu'il était taillé sur son patron.
En entendant les paroles de ces vieux à tête bran-
lante, il se releva et, s'appuyant sur le manche de
sa pioche :

— Excusez, mes pères, leur dit-il, l'ennemi
filera, c'est sûr; mais auparavant il fera des pièces. Méfiez-vous d'un chien qui n'aboie pas. Je
suis du pays, moi, et je ne voudrais pas qu'il vous
arrivât du mal; faut retourner vivement chez vous,
mes pères, et plus vous demeurerez loin, mieux ça
vaudra. Croyez-en un ancien !

Alors, ces vieux, devenus tout pâles, ont laissé
choir leurs tabatières et sont partis en trottinant,
les uns à droite, les autres à gauche.

— Tu leur as fait peur, Duméril.

— Tant mieux, Filtier, ils en iront plus vite.
Ce n'est pas pour des prunes que j'ai servi vingt
ans dans le régiment de Flandre !

Au même moment arrivèrent, avec le colonel
Guiscard, les artilleurs, les servants de batterie
et un peloton de canonniers lillois commandés
par Reboux; on organisa le service, on reçut les
ordres et les instructions supérieures, on prépara
les caissons, les obus, on disposa les directions,
on releva les pentes, tant et si bien que je com-
mençai à oublier les funestes prédictions du tambour Duméril.

Il pouvait bien être huit heures du matin, le
colonel Guiscard avait réuni autour de lui ses
officiers et leur faisait ses dernières recommandations :

— Quoi qu'il arrive, à moins d'un ordre exprès
de ma part, ne tirez pas avant midi. Nous savons
par nos rapports que l'ennemi se décourage; il
va tenter un suprême effort, c'est évident; ne
répondez pas. Mais à midi, feu roulant de toutes
pièces et bon pointage! Il s'agit de sauver la
patrie!

— Allons, pensai-je à part moi, Duméril avait
raison; il va y avoir du vacarme! Fais attention
à tes pattes, Louis; il serait vraiment fâcheux de
t'être conservé tout entier au milieu de tant de
périls et de te laisser bêtement estropier le dernier j...

Quelque chose comme une explosion de volcan
me coupa subitement le raisonnement; une péta-

rade effroyable et continue éclata de tous côtés,
faisant trembler la terre des bastions, et des milliers de bombes, de boulets rouges et froids
s'abattirent sur la ville, drus et serrés comme les
grêlons d'un orage. Les Kaiserlicks faisaient feu
des quatre pieds.

Jamais je n'avais entendu ni vu rien de pareil;
mes dents claquaient et mes jambes tremblaient,
non par peur, mais uniquement par le fait de ce
sabbat d'enfer et par la violence des commotions.
Derrière nous, on voyait les maisons et les pignons
du Réduit et du quartier des Malades tomber
comme des capucins de carton, et les cris aigus
des habitants arrivaient jusqu'à nous, tranchant
sur les beuglements graves du canon comme des
notes de fifres sur un roulement de tambours.

Une demi-heure ne s'était pas écoulée qu'on
ne voyait plus que des flammes aussi loin qu'on
pouvait apercevoir : toute la ville paraissait changée en une immense fournaise.

J'étais appuyé, tout défaillant, contre un caisson; mon cœur bondissait dans ma poitrine. Je
n'avais qu'une pensée : ma mère et Victoire, qui
étaient seules là-bas, exposées sans secours au
milieu de ces tourbillons de feu, sous cette ava-
lanche de fer, dans notre pauvre maison de la rue
du Vieux-Marché-aux-Moutons. Enfin, n'y pouvant
plus tenir, sans plus m'inquiéter de ma peau, je

me suis élancé à fond de train et tête baissée à travers tout, comme un insensé, au moment où Reboux hurlait en frappant avec rage son poing sur un affût:

— Sangdieu! midi n'arrivera donc jamais!

En ce moment, comme Louis Filtier, fatigué par l'animation qu'il avait apportée dans son long récit, venait de s'arrêter pour reprendre haleine, la pendule fit entendre le triple cliquetis indiquant les trois quarts.

— Mon vieil ami, lui dis-je en me levant, dix heures approchent; vous n'avez que le temps rigoureusement nécessaire au trajet qu'il vous reste à faire. Dimanche prochain, si vous y consentez, vous viendrez vous asseoir à la place que vous allez quitter, et nous entendrons la suite de cette histoire, qui nous intéresse autant que vous-même.

— Allons, c'est dit... Faut-il que vous soyez des bonnes gens, pour écouter avec tant de complaisance les radotages d'un vieux bonhomme!

Alors il décrocha sa canne qu'il avait nouée au dossier de son fauteuil, et comme ma sœur s'était approchée pour l'aider à sortir de table:

— Merci, pas la peine, citoyenne, — lui dit-il en montrant dans son rire ses gencives dégarnies, tandis que ses yeux gris brillaient comme des pointes de diamant, — pas la peine... Bonhomme vit encore !... Salut, mon commandant ! salut, la compagnie ! Ah ! ah ! ah ! dimanche prochain, nous les verrons enfin filer, ces capons d'Autrichiens ! Ah ! ah ! ah !

Et on entendit dans le vestibule son rire de vieillard alterner avec le bruit sec de sa canne sur le pavé.

— Va le reconduire, me dit mon oncle.

LE 4 OCTOBRE

(*Suite*)

Tous les vieillards aiment à parler de leur jeunesse : le passé est la consolation de ceux qui n'ont plus d'avenir. Aussi, Filtier n'eut garde de manquer au rendez-vous, et le dimanche suivant, assis dans le même fauteuil, devant le même auditoire, un coude sur la table et une main appuyée à plat sur le pied de son verre, il reprit en ces termes :

En ce temps-là, le corps des Canonniers lillois était au faîte de la gloire et de la puissance. Il comptait deux compagnies, deux capitaines, deux lieutenants, deux sous-lieutenants, deux sergents-majors, huit sergents, dix caporaux et deux cents canonniers, sapeurs, artificiers et mineurs, sans parler des tambours.

Vous pensez bien que pour commander des
cohortes aussi renommées on avait choisi tout ce
qu'il y avait de fin parmi les bourgeois du pays;
c'est pourquoi vous voyez comme capitaines les
citoyens Nicquet et Ovigneur, négociants honnêtes
autant que guerriers vaillants et magnanimes.

Les deux capitaines, loin d'être animés l'un
contre l'autre par une rivalité mesquine qui eût
été préjudiciable à la prospérité du corps, étaient
au contraire liés d'une camaraderie si étroite
qu'on les voyait fréquemment par les rues se promenant de compagnie en dissertant sur toutes
choses, notamment sur l'avenir de l'artillerie et
sur les vertus et qualités propres à faire d'un
homme un canonnier parfait.

Et cependant il eut été difficile de rencontrer
deux personnes plus dissemblables d'extérieur que
l'étaient ces deux capitaines. M. Nicquet était
long et sec comme un écouvillon, tandis que
M. Ovigneur était petit et grassouillet; M. Nicquet
avait le visage couleur de pain d'épices, M. Ovigneur était frais de teint comme une laitière de
Lambersart; M. Nicquet avait un grand nez crochu qui se recourbait comme un crampon sur
sa moustache, le nez retroussé de M. Ovigneur
semblait toujours s'informer du temps qu'il allait
faire le lendemain. Mais malgré ces différences,
quand on les voyait en grand uniforme en tête

de leurs bataillons respectifs, on était forcé de se dire :

—Voilà, chacun dans son genre, des canonniers accomplis, et c'est extrêmement glorieux pour la ville de posséder ces deux hommes-là.

Le citoyen Ovigneur, qui était filtier comme beaucoup de Lillois de ce temps-là, habitait avec sa famille dans la rue de Fives, près la rue du Croquet, une grande bâtisse qui par extraordinaire était seule restée debout au milieu des ruines du quartier. La solidité de ses pignons de grès et la position oblique de la construction avaient à peu près neutralisé l'effet des boulets, le hasard avait fait le reste, de sorte que l'édifice était d'aplomb, bien que sa façade fut criblée de cassures et de renfoncements comme la figure d'un homme qui a eu *les poquettes*.

Les bonnes femmes du quartier attribuaient ce miracle aux prières et aux mérites de la vieille demoiselle Ovigneur, laquelle était une personne toute en Dieu. A ce propos, je me souviens aussi que cette vertueuse fille avait, de concert avec quelques âmes pleines de piété et craignant le Seigneur, commencé le premier jour du bombardement une neuvaine à Notre-Dame de la Treille, à cette seule fin de pousser la patronne de Lille à détruire les Autrichiens en bloc, soit en arrêtant le soleil comme Josué, soit à l'aide d'une pluie de

soufre enflammé comme celles dont parlent des
Saintes-Ecritures, soit par tout autre moyen qui
lui paraîtrait avantageux.

Je n'ai rien à dire là-contre, comme bien vous
pensez : chacun fait son lit comme il veut se coucher. Mais je ne peux pas m'empêcher de calculer
que si ces bonnes gens n'avaient pas été abrités,
pour faire leurs dévotions, derrière de bons remparts garnis de gros canons et de fameux lapins ;
que si, pour se défendre, ils n'avaient pas eu
d'autre artillerie que celle du bon Dieu, ils en
auraient vu de grises, et la ville de Lille aussi, et
la République avec.

Quoi qu'il en fût, et malgré les prières de la
vieille demoiselle, le 4 octobre, à onze heures du
matin, la maison du capitaine Ovigneur flambait
comme une brassée de sarments, et ce qui restait
d'habitants dans les quartiers de Fives, de l'Abbiette, de Saint-Maurice et des Malades fuyait en
masse vers la porte de la Barre. La ville reten-
tissait des cris des femmes affolées, des gémis-
sements des blessés, de l'explosion continuelle des
bombes, et du fracas de la canonnade que renfor-
çait à chaque minute le bruit sourd des murs qui
s'écroulaient. Dans les rues, les gardes nationaux,
silencieux et sombres, restaient solides au poste
au milieu du carnage ; M. Bryan, accompagné des
officiers municipaux, courait partout, bravant tout,

pour maintenir l'ordre et diriger les sauvetages,
pendant que les bourgeois, pâles mais résolus,
comme il convient à des citoyens libres, faisaient
sans broncher le service des pompes avec les
volontaires.

Tout en courant à perdre haleine, je voyais et
j'entendais ces choses désolantes, et, plus mort
que vif, je précipitais encore ma course haletante.

Enfin, comme j'arrivais au contour Saint-Maurice, je heurtai violemment Catherine Delemarre,
la mercière du petit portail, qui abandonnait sa
boutique, tenant d'une main son mioche et ses
hardes de l'autre.

— Cours pas si vite, mon garçon, inutile de
t'échauffer ! Ta maison est par terre, mais ne te
désole pas, ton monde est sauf, grâce à Dieu ! Ils
sont tous partis chez M. Degand avec les Nicquet.

Plus de maison ! Ça m'a produit un drôle d'effet.
J'en suis resté planté à la même place, comme
hébété, et je crois que j'y serais encore, si M. Val-
ton, le lieutenant-colonel de la garde nationale,
qui passait tout essoufflé, ne m'eut réveillé en sur-
saut en m'empoignant par le bras :

— Tu es canonnier, donc tu es un brave !
Ecoute. Pendant qu'Ovigneur défend la patrie sur
les bastions, sa maison brûle...

— C'est comme la mienne !

— Ce n'est pas tout ! Sa famille est en sûreté

rue de la Piquerie, mais sa femme va accoucher
et l'appelle ; qu'il passe le commandement à Delecocq et qu'il vienne ! Si tu as une mère, une femme
ou une sœur, tu dois me comprendre. Ces choses-
là sont sacrées... Cours le prévenir, au nom de la
fraternité !

— C'est bien, citoyen colonel... Après tout,
puisque je n'ai plus de maison, il me serait difficile de rentrer chez moi... J'y vais ; si je n'arrive
pas, c'est que... suffit !

— Ton nom, citoyen ?

— Louis Filtier !

— Je ne l'oublierai pas.

Voilà comme quoi, étant parti du Réduit pour
la rue du Vieux-Marché-aux-Moutons, je suis
arrivé au *Petit-Pâté*, à gauche de la porte de Fives.

Il m'a fallu une grosse demi-heure pour gagner
le bastion ; car dans ces époques critiques, quiconque voulait en se mettant en route arriver
tout entier à sa destination, devait manœuvrer
subtilement, et encore, j'en sais plus d'un malin
qui a laissé sa carcasse au coin d'une rue.

Enfin, j'escaladais la coupée du *Petit-Pâté*,
lorsqu'un choc soudain me renversa, en même
temps qu'une sorte de pluie chaude m'inondait le
visage ; en moins de rien, je me remis sur mes
pieds : Jacques Lemaire, éventré, les entrailles
pendantes et déjà mort, était étendu sur le dos

en travers de la montée, tenant encore à la main sa mèche allumée. J'étais couvert de sang.

— Le capitaine Ovigneur? demandai-je à un homme poudreux et déguenillé qui se penchait sur le talus.

— C'est moi, Filtier; es-tu blessé?

C'était lui! c'était le capitaine Ovigneur, mais si changé, si mal accommodé que je ne l'aurais jamais reconnu! Ses joues étaient amaigries, ses yeux caves; son teint rubicond avait disparu sous un enduit de poudre et de fumée, ses cheveux châtains avaient été roussis; et dans ses vêtements salis, troués, noircis, brûlés, en loques, il était impossible de retrouver l'uniforme brillant des canonniers lillois. Ça faisait pitié.

— Mon capitaine, lui dis-je, il vous faut partir tout de suite; madame Ovigneur est dans les douleurs, elle vous appelle...

Alors je vis cet homme énergique tressaillir de la tête aux pieds; il mit sa main sur ses yeux et de grosses larmes roulèrent sur ses joues en délayant le noir qui les couvrait, et moi, je restais là à le regarder, incapable de rien dire: ma gorge était serrée, et mes paroles ne pouvaient pas passer. Enfin, faisant un vigoureux effort:

— Ma pauvre femme! murmura-t-il... Mais je ne peux pas, Filtier, je ne peux pas... Regarde!

Et, d'un geste désespéré, il me montrait les
lignes ennemies, dont les zigzags de feu res-
semblaient à des éclairs continus.

— Madame Ovigneur est en sûreté avec toute
la famille dans la rue de la Piquerie, mon
capitaine, faut pas vous désoler...

Il soupira largement comme déchargé d'une
grande angoisse.

— Chez notre tante. Merci, mon garçon; c'est
toujours une consolation! Mais quant à y aller,
non, c'est impossible, je dois rester à mon poste!

— Pour cela, vous pouvez travailler en paix,
mon capitaine, tous vos gens sont en vie... Il n'y
a que votre maison, que ces gueux de Kaiserlicks
ont mise en feu!

— Oh bien, alors, feu pour feu!

Et ayant prononcé ces paroles mémorables, ce
magnanime citoyen se courbait déjà sur la culasse
d'un de ses canons, quant tout à coup voilà que
du côté du Réduit éclate un tonnerre si formidable que nous n'entendions plus pour ainsi dire
le bruit de nos propres pièces. A moi, qui étais
dans le secret, ça me parut une musique plus
harmonieuse que le carillon de Dunkerque lui-
même, si bien que je n'ai pu m'empêcher de rire
de jubilation.

— Qu'est-ce que c'est que ça? s'écria M. Ovigneur en se redressant stupéfait.

— Faut pas faire attention, mon capitaine, c'est midi qui sonne !

Ah ! jour de Dieu, fallait voir comme ça marchait ! Le vieux Gruson avait raison : ça faisait un fameux lutrin, et Reboux s'y entendait à chanter matines ! Je suis resté au *Petit-Pâté* à servir les caissons, à seule fin d'être aux premières loges. M. Ovigneur m'a prêté sa lunette, et je peux dire que ce que j'ai vu était plus réjouissant pour les yeux d'un vrai Lillois que les plus beaux tours de *Chacharles,* l'illustre hercule du Nord.

Tout était sens dessus dessous dans le camp des Autrichiens : on allait, on venait, les ordonnances et les officiers couraient, se croisaient ; l'état-major, réuni sur un tertre, gesticulait et s'agitait autour du général en chef ; on aurait dit une fourmillière sur laquelle on a donné un coup de sabot.

A six heures du soir, le Pointeur n'avait pas cessé de célébrer ses vêpres en conscience, lorsqu'on entendit vers les tranchées une détonation qui couvrit un instant le fracas des mortiers du Réduit. Notre bastion trembla malgré ses douves, comme s'il avait voulu s'écrouler ; puis, aussitôt après, le feu de l'ennemi diminua tout net de moitié.

— M'est avis, Louis, me dis-je, que voilà un aigle qui a un rude plomb dans l'aile !

— Ça, Filtier, me répondit le capitaine en se
frottant les mains, c'est l'explosion d'une poudrière, ou je ne m'y connais pas !

J'ai su par la suite que c'était bien la vérité.
Les Autrichiens avaient abrité sous des couches
de gazon un gros fourgon dont ils avaient fait une
manière de magasin central pour le service des
batteries, et c'était là qu'ils venaient décharger
les voitures de poudre qu'ils amenaient de Tournai. C'était le citoyen Bolle qui avait raconté ce
détail, et la chose n'était pas tombée dans des
oreilles de sourds. Des malins, qui s'étaient mis
en vedette sur le plus haut cavalier de l'ancienne
porte de Fives pour guetter l'arrivée des convois,
avaient signalé l'approche de plusieurs fourgons
verts qui s'arrêtèrent autour de la butte désignée
par le courageux citoyen de Lannoy ; alors, Reboux avait pointé huit mortiers en convergence
sur ce point-là et leur avait fait cracher coup sur
coup une vingtaine de bombes, en se disant en
lui-même : « Ce serait bien le diable si pas une ne
tombait juste ! » Et le résultat avait prouvé toute
la précision des calculs de cet homme habile ; car
non seulement l'un de ses obus avait écrasé un des
caissons, mais celui-ci en éclatant avait mis le feu
à tous les autres et à la poudrière elle-même.
Aussi y eut-il grande jubilation derrière les remparts.

Cependant, l'allégresse qui transporta en ce moment tous les défenseurs de la patrie, même les caractères les plus mélancoliques, n'empêcha pas les canonniers et artilleurs de Lille et de Béthune de continuer leur plain-chant avec méthode et régularité pendant toute la nuit. C'était un grand et imposant spectacle que cette ville en courroux, lançant de tous côtés contre un ennemi cruel, mais désormais vaincu, ses foudres vengeresses ! Oui, au milieu des ténèbres, c'était un coup d'œil à rendre fiers non seulement les patriotes d'alors, mais encore leurs enfants et les enfants de leurs petits-enfants, car rien n'est noble comme une nation qui défend sa liberté, et s'il est une guerre sacrée, c'est la guerre d'indépendance. C'est pourquoi, tout en jetant subtilement à droite et à gauche des regards satisfaits pour ne rien perdre de ces scènes immortelles, je vidais sac sur sac, caisson sur caisson en m'encourageant moi-même :

— Hardi, Louis ! hardi, Louis ! pousse à la consommation, mon garçon. C'est malheureux de tuer tant de gens, même des Kaiserlicks, mais tant pis pour eux ! fallait pas qu'ils y viennent ! C'est pas toi qui est allé les chercher, n'est-ce pas ? Ils sont venus méchamment, comme des voleurs, inonder sournoisement nos campagnes pour causer de la peine à des milliers et des milliers de pauvres familles. Eh bien ! faut qu'ils s'en aillent, ou bien qu'ils crèvent tous, comme des chiens enragés qu'ils sont !

Et je peux ajouter que ce légitime ressentiment m'avait porté à si bien faire les choses que, vers le matin, on commença à voir le fond des caisses : on allait manquer de munitions.

— Mon capitaine ?

— Qu'est ce qu'il y a, Filtier ?

— Le garde-manger est vide : il n'y a plus que des miettes.

— Mille diables ! Fais le double signal, et vitement !

— Voilà une demi-heure que j'ai hissé les deux flammes, mon capitaine, et rien n'arrive. Ils sont tous trop occupés avec leurs mortiers !

— Alors, file au galop, petit, et droit au commandant Garnier. Ça presse !

IX

LE 5 OCTOBRE

— Ce n'est pas le tout de courir comme un dératé, Louis, me dis-je en m'arrêtant sur le pont-levis et en me grattant l'oreille ; il s'agit de savoir où trouver le citoyen Garnier, sans faire de pas inutiles, car le temps presse. Voyons, réfléchis un brin, si ça t'est possible. Quoique la citoyenne Garnier soit assurément une femme pleine de charme et de séductions, il est clair comme le jour que son époux n'est pas occupé à lui chanter des sérénades : ainsi, il ne te faut pas aller chez lui. De plus, tu m'avoueras que le moment serait mal choisi pour écrire un inventaire : il ne faut donc pas non plus te diriger vers l'Arsenal. Tout bien calculé, le mieux est, je crois, d'aller tout droit au Réduit, où il est plus que probable que tu trouveras ton homme en train de battre la mesure à son lutrin.

Alors, je me serrai le ventre, et, enfilant la
porte au pas de course, j'obliquai à gauche en
serrant les bas murs pour éviter les accrocs.

Le commandant du génie était effectivement
sur un mamelon avec le général Ruault et son
état-major. Ils regardaient avec des lunettes la
débâcle des ennemis et paraissaient de plaisante.
humeur, — ce dont je ressentis une grande joie,
car c'était bon signe.

Comme j'arrivais ventre à terre et que j'escaladais en trois bonds la contrescarpe, un aide de
camp toucha le coude du général comme pour lui
dire :

— Voilà un simple canonnier qui accourt; il
doit y avoir du grabuge quelque part.

Le général s'est retourné, de sorte qu'en arrivant à la plate-forme, je me suis trouvé nez à nez
avec lui.

— Que voulez-vous, canonnier ?

— Avec votre permission, mon général, je veux
de la poudre.

— Ah ! Expliquez-vous.

— Le *Petit-Pâté* manque de munitions, et le
capitaine Ovigneur en réclame immédiatement.

— C'est bien. On va en envoyer.

Et le général Ruault donna un ordre à un officier qui s'éloigna rapidement et recolla sa grande
lunette dans le coin de son œil, sans plus faire
attention à votre serviteur.

— Il est évident que tu es de trop ici, mon garçon, pensai-je, et si on ne te dit pas de t'en aller, c'est que ces guerriers sont trop polis pour cela. Mais c'est à toi de le comprendre, et, si tu m'en crois, tu profiteras de l'occasion pour aller flâner un peu en ville du côté de la rue Saint-André.

Alors, j'ai tiré ma pipe, que j'ai contemplée avec la tendresse d'un homme qui retrouve un ami éloigné depuis longtemps ; je l'ai chargée et allumée avec soin et précaution ; j'ai fourré mes deux mains dans mes poches et je suis parti tout doucettement à la promenade. Mais je marchais en tenant, comme on dit, le menton sur l'épaule, car il n'était pas inutile de veiller au grain, aussi bien derrière que devant.

Je peux vous assurer qu'il n'y avait pas d'encombrement dans les rues et qu'on y circulait sans être coudoyé : on ne voyait pas la queue d'un chat, on aurait dit une ville morte. Partout des ruines : ici, des maisons brûlées qui ne restaient debout que grâce aux quelques poutres carbonisées et amincies soutenant çà et là les murailles, comme des bras de squelette soulevant une tombe ; là, d'autres, éventrés du haut en bas par les bombes, qui semblaient bâiller d'ennui ; ou d'autres encore qui s'étaient affaissées sur elles-mêmes, le toit sur le pavé, comme un ivrogne qui cuve son vin le nez dans le ruisseau. Et parmi tous ces débris, pas un être vivant n'apparaissait... C'était triste à considérer.

Cependant, à mesure que je m'éloignais des quartiers avoisinant les remparts des Malades, les démolitions s'entremêlaient de maisons moins en loques, puis de bâtisses encore présentables, au milieu desquelles régnait une certaine animation qui prouvait qu'il y avait encore quelques Lillois au monde.

Ainsi, tout en marchant, rue des Jésuites, non loin de l'Abreuvoir, j'entendis descendre des toitures le cri traînant et sonore : « A*ââ-hûe !* » lequel était le signal convenu pour indiquer la chûte des boulets rouges. Je me rangeais par prudence dans l'encoignure d'une porte, quand je vis accourir une escouade de bourgeois et de pompiers armés de haches, qui se mirent à enfoncer une porte cochère presque en face de celle où j'étais. Ils parlaient avec une grande animation, et j'appris d'eux que la maison qu'ils attaquaient était celle d'un ci-devant appelé Granet, lequel était allé au pays de la choucroute rejoindre les ennemis de la liberté des peuples, et que c'était justement sur elle que ses amis les Kaiserlicks venaient de lancer leur projectile.

— Allons ! c'est pain béni, répondis-je en reprenant ma route.

C'est à partir de ce moment-là que j'eus positivement conscience de mon importance et que je m'aperçus que je n'étais pas le premier venu pour mes concitoyens, car je ne pus plus faire deux enjambées consécutives sans être arrêté respectueusement par celui-ci et par celui-là :

— Voilà un brave canonnier qui arrive des remparts, nous allons apprendre des nouvelles ! Pardon, citoyen, auriez-vous l'obligeance... etc.

— Voyez, disaient d'autres, il est tout noir, il s'est battu comme un lion. Seriez-vous assez bon... etc.

— Eh ! Filtier, criait un volontaire en sentinelle, es-tu blessé ? Tu as du sang sur ton habit !

— Filtier, au nom du ciel, as-tu vu mon fils ? mon père ?... mon frère ?... etc.

A quoi je répondais avec complaisance et dignité.

En passant rue des Bouchers, je vis que tout était fermé chez Desreumaux, l'amidonnier ; et quelqu'un avait écrit avec de la craie sur les volets de sa boutique : « *Mort au champ d'honneur !* » Je me sentis des picotements dans les yeux et je me détournai de peur de voir derrière quelque vitre les visages en pleurs de sa femme et de ses enfants.

— C'est maintenant que les choses vont devenir pénibles, pensai-je en moi-même, car il y

a bien des maisons où celui qu'on attend ne
rentrera jamais. Voici venir l'instant où l'on va
se compter, et la retraite des Kaiserlicks ne
pourra pas faire revivre ceux qui sont morts !
Une pluie de boulets est toujours suivie d'une
pluie de larmes, Louis, aussi vrai que les tyrans
ont le cœur dur comme une pierre !

Comme j'allais tourner le coin de la rue
d'Angleterre que l'on nommait alors la rue *des
Républicains*, une jolie fillette, avec de longs
cheveux blonds, entr'ouvrit la porte d'une grande
et riche maison et m'appela si gentiment que je
m'en sentis tout remué :

— Monsieur le canonnier, je vous en supplie,
dites-moi si mon père est blessé ; voilà trois
jours qu'il n'est rentré chez nous ; ma mère en
est malade et moi aussi. Oh ! dites, je prierai le
bon Dieu pour vous !

Je compris tout de suite que c'était là une
famille d'aristocrates : on ne donnait plus du
monsieur dans ces jours-là, et puis la demoiselle
qui était vêtue avec de la soie, avait l'air délicat
et frêle comme une plante élevée dans une
chambre chaude ; mais je me dis en moi-même
que les malheureux et les désolés sont tous frères
et qu'il y a des braves gens partout ; de sorte
qu'au lieu de faire le coupeur d'oreilles, je lui
répondis avec politesse :

— Comment se nomme votre papa, ma belle citoyenne ?

— M. Frey. Il est commandant dans la garde nationale.

— Ah ! bien, si c'est le commandant Frey, je l'ai vu tout à l'heure : il est à la porte de Fives.

La jolie fille rougit de satisfaction, et, avant que j'aie compris ce qu'elle allait faire, elle saisit ma vilaine patte toute noire et la baisa avec reconnaissance. Moi, je restai là tout ébahi et marmottant.

— Mais, citoyenne,... ce n'est pas la peine,... c'est avec plaisir... Mademoiselle,... trop heureux...

Et un tas de balourdises pareilles ; si bien que me sentant si nigaud, j'ai tourné les talons en me gourmandant sévèrement :

— Triple innocent, idiot, imbécile ! Tu ne sauras donc jamais parler tout naturellement comme un autre ? Cette demoiselle-là est une personne très bien élevée, mais toi, je te le dis, tu ne seras jamais qu'une fichue bête !

Après avoir été accroché vingt fois en chemin, j'ai enfin aperçu la grande porte verte qui renfermait ce que j'aimais le plus au monde. Ah ! que ça m'a paru bon !

Je me suis arrêté un instant. J'étais si bouleversé que je ne voyais plus clair ; mon cœur battait.

comme s'il avait voulu éclater, mon front couvert
de sueur me paraissait lourd comme du plomb,
et mes jambes pliaient malgré moi sous mon
corps : j'ai dû m'appuyer à la muraille. Puis,
comme je passais devant les fenêtres grillées de
M. Degand, j'ai entendu une voix, qui m'a fait
tressaillir jusqu'au fond des entrailles, s'écrier de
derrière les rideaux :

— Louis ! c'est Louis !

La porte s'est ouverte, et j'ai senti deux bras
nus, doux comme les bonnes pêches de Fretin, se
nouer autour de ma tête pendant que des lèvres
ardentes se collaient sur ma bouche :

— Victoire ! !

La voix de Filtier s'était altérée à ses dernières
paroles, et nous devinâmes bien plus que nous
n'entendîmes le nom de sa fiancée. Il tira de sa
poche un grand mouchoir de cotonnade à carreaux rouges et bleus, essuya ses yeux cligno-
tants, puis reprit, les lèvres encore tremblantes :

Excusez, mon commandant. Il y a des choses

qu'un homme de cœur n'oublie jamais, quand
même il vivrait aussi longtemps que Mathu-
salem... Et quand je repasse en moi-même les
bons moments d'autrefois, je regrette d'avoir vécu
si vieux, et je voudrais mourir tout de suite pour
rejoindre plus vite ceux qui sont partis avant moi
pour la grande campagne dont on ne revient
pas !...

Ma mère était là avec Victoire, puis sont arri-
vées Mme Reboux, Mme Nicquet, puis toute la
famille. Alors, je me suis enfui, j'ai été me débar-
bouiller à la pompe, et l'on m'a fait entrer dans la
salle à manger.

Là, il a fallu raconter tout ce que je savais et
répondre à toutes les questions sur les incendies,
sur les morts et les blessés, sur le capitaine Nicquet, sur Reboux-le-Pointeur, et bien d'autres
choses encore. Ces pauvres femmes, qui étaient
renfermées dans cette grande maison depuis deux
jours, sans avoir de communication avec personne,
ne savaient rien de rien ; aussi, je peux dire que
jamais de ma vie je n'avais été autant caressé et
cajolé. Quand j'eus dit que ces gueux de Kaiserlicks étaient sens dessus dessous et qu'on allait les
voir déguerpir grand train sans regarder derrière
eux, il y eut des exclamations sans fin, des cris de
joie, puis un retour de doute.

— Mais alors, pourquoi cette épouvantable

canonnade? demanda Mme Nicquet en hochant
la tête.

— Ça? Faut pas vous en effrayer: c'est Reboux
qui les reconduit.

— Que tu dois être fatigué, mon pauvre fieu !
me dit ma mère.

— Tu dois avoir faim aussi? ajouta Victoire
en me regardant.

— Oui, je suis fatigué et j'ai faim ; voilà plus
de vingt-quatre heures que je suis à vide !

Et moins de dix minutes après, j'étais dans un
bon fauteuil bien rembourré, assis vis-à-vis d'un
gros pâté de viande et d'une vieille bouteille de
vin, et servi par ma mère et par Victoire.

Ah ! le bon repas ! ah ! la bonne journée ! J'ai
fait le paresseux pendant tout le jour, et j'ai
passé la nuit sur un gros matelas. Un voisin a eu
beau venir dire, sur les huit heures, que les
citoyens députés de la Convention, Delmas,
Duhem, Bellegarde, Duquesnoy, Daoust et Doulcet, arrivaient par la porte de Dunkerque pour
secourir les Lillois et partager leurs dangers, je
les ai laissés entrer tout seuls et je suis resté chez
M. Degand, où je me trouvais si heureux et si
douillettement traité.

X

LE 6 OCTOBRE

Il y avait dans la maison de M. Degand, comme chez la plupart des gros bourgeois de l'époque, un grand et large escalier à paliers et à rampe de fer forgé qui menait à un vaste vestibule carré sur lequel s'ouvraient les chambres du premier étage ; c'était là qu'on avait préparé un bon matelas de laine pour mon usage particulier.

Quand chacun fut entré dans sa chambre, mon tour vint de me coucher ; mais à ce moment, je fus saisi d'un grand embarras. En ces temps-là, nous n'étions pas comme les jeunes gens d'aujourd'hui, qui ne respectent plus la pudeur des femmes et qui font entendre sans rougir des paroles blessantes pour l'honnêteté : il me paraissait malséant de me dévêtir dans un lieu que les uns et les autres pouvaient traverser sans crier gare, et, d'un autre côté, j'avais tout à fait besoin de repos ; de sorte que je regardais tour à tour cet appétissant matelas et ces draps en toile de Hollande, qui me promettaient un si délicieux sommeil, et la porte derrière laquelle j'entendais rire et jacasser Victoire et les demoiselles Nicquet, et ma perplexité augmentait au lieu de diminuer.

— Tu ne peux pas te déshabiller ici, Louis, me dis-je enfin ; ça, c'est impossible. Tire tes bottines, mon garçon, et étends-toi là-dessus tout vêtu, comme au corps de garde, ou bien va-t-en coucher sur un tas de foin dans le grenier !

Alors, comme j'aimais bien mieux la toile de Hollande que la toile d'araignée, et comme je voulais surtout rester près de Victoire, j'ai soufflé ma lanterne et je me suis glissé sur mon matelas en faisant le moins de bruit possible.

Le matin, au petit jour, après un gras sommeil de neuf heures, le miaulement d'une porte qu'on ouvrait avec lenteur m'a réveillé ; sans bouger, j'ai risqué un œil : c'était la vieille Angélique, la ménagère, qui descendait à sa cuisine en se frottant les yeux.

Quand elle eut disparu dans l'escalier, je me

soulevai sur le coude ; mollement appuyé sur mon oreiller, je me mis à songer à l'avenir qui m'apparaissait désormais plus réjouissant, et, en récapitulant les évènements accomplis, je pensais au fond de mon cœur :

— Maintenant que le péril est passé et que les choses vont rentrer dans l'ordre ordinaire, maintenant que la patrie n'a plus besoin de tes services, Louis, personne ne trouvera mauvais que tu songes un peu à tes affaires privées. Tu peux même dire que à quelque chose malheur est bon, car, si les Kaiserlicks n'étaient pas venus saccager la bonne ville de Lille, ta vaillance serait demeurée dans les mystères de l'inconnu, et Mme Reboux te considérerait encore à l'heure qu'il est comme un morveux sans conséquence ; or, tes brillants faits d'armes ont singulièrement aplani les choses entre Victoire et toi, c'est là une de ces vérités qui sautent aux yeux ! L'ennemi parti, on va rebâtir les maisons qui sont actuellement en miettes, et dans le nombre il ne serait pas extraordinaire qu'il s'en trouvât une petite pour toi. Tu marches sur tes vingt ans, Victoire en a dix-huit ; *le Pointeur* n'est pas sans avoir, comme on dit, du foin dans ses bottes, et toi tu commences à connaître les malices et finesses du métier de filtier... En mettant les choses au pis, tu seras marié viennent les *bruants*,

et alors, tonnerre ! le citoyen Capet lui-même
ne sera pas ton cousin !

En ce moment, j'entendis remuer dans la
chambre des fillettes ; je retins ma respiration...
mon cœur dansait la carmagnole au fond de ma
poitrine... Mais ce fut bien pis encore quand,
ouvrant sa porte, Victoire, ma belle, ma bien-
aimée Victoire, jambes nues et à peine vêtue,
s'avança, tenant sur son épaule une cruche de
grès qu'elle allait remplir à la fontaine du corridor : on aurait dit Rebecca, la fiancée d'Isaac.

Elle avait oublié que je dormais tout auprès,
car au moment où je me dressai sur mes jambes,
elle recula en jetant un petit cri d'effroi ; puis,
en me reconnaissant, elle se mit à rire et rougit.
Ses longs cheveux flottants tombaient en désordre sur ses épaules rondes et veloutées ; son bras
droit, levé pour soutenir son vase, maintenait
d'un côté les plis de son vêtement, mais sur
l'autre, abaissé pour relever sa jupe, la courte
manche de sa chemise dénouée avait glissé jusqu'au coude et laissé à découvert son sein, blanc
et rose comme un verger au printemps.

J'avais vu tout cela d'un coup d'œil, et j'en étais
à la fois comme ravi en extase et effrayé : mes
genoux s'entrechoquaient, je ne pensais plus à
rien, mes oreilles bourdonnaient, et j'avais baissé
les yeux, n'osant plus les relever et sentant mon

visage rouge comme du feu. J'avais envie de demander pardon à Victoire, de lui dire que ce n'était pas de ma faute ; mais ma gorge était si serrée que mes paroles ne pouvaient pas passer.

Elle, plus avisée, se remit de suite et me dit de sa voix affectueuse en s'approchant de moi :

— Allons, Louis, tu es un honnête garçon, et tu seras un bon mari. N'aie crainte, et embrasse moi comme un vrai fiancé a le droit de baiser sa promise !

Alors, je suis redevenu calme, aussi subitement que par magie, et je l'ai baisée au front en lui répondant :

— Et toi, Victoire, tu seras toujours une bonne et brave femme. Je t'aime !

Et, ayant rempli sa cruche, Victoire me jeta un tendre sourire et rentra dans sa chambre, pendant que je me disais, en la suivant des yeux et du cœur :

— Non, en vérité, le citoyen Capet ne sera pas ton cousin !

Après le déjeûner, Mme Reboux m'a pris à part :

— Voilà cinq jours et cinq nuits que Reboux n'a quitté les remparts, mon fieu, et depuis le premier coup de canon il n'a pas dormi une seule fois dans un lit ni mangé à une table ; je me brûle le sang à le savoir ainsi sans pouvoir lui apporter les soulagements et les secours dont il a besoin.

Toi qui es un homme — et un fameux — et qui
vas devenir son fils, s'il plaît à Dieu, tu peux me
donner une grande satisfaction : prends ce panier ; il y a dedans hardes, linge, viande et vin,
c'est-à-dire tout ce qu'il faut pour réconforter un
brave patriote. Va, mon fieu, et rapporte-nous
bientôt des nouvelles !

Ainsi parla cette excellente femme, dont le
fonds était aussi compatissant que ses dehors
étaient rudes. Puis vint ma mère, qui me chargea
pour le sergent Filtier d'une commission à peu
près pareille, de sorte que, avec un panier à chaque bras, j'étais chargé comme la bourrique à
saint Nicolas, et je partis gaiement en disant tout
bas à Victoire d'un ton significatif :

— Tout ça, c'est pour tes deux pères, chérie !

Dans les rues, les choses avaient bien changé
de figure : la sombre tristesse, le désespoir avaient
fait place à la joie de la délivrance ; les bourgeois
ouvraient leurs volets comme avant le bombardement, les commères caquetaient sur leurs portes
et les enfants jouaient sur les *burguets* comme au
bon temps ; en un mot, la ville ressuscitait.

La canonnade continuait cependant, mais je
reconnaissais la voix des batteries françaises et le
sourd tonnerre des mortiers du Réduit. De temps
en temps j'entendais bien, comme un écho lointain, quelques coups venant des tranchées enne-

mies ; mais c'était un feu si débile et si mal
nourri, qu'il aurait fallu être idiot pour ne pas
comprendre que les Kaiserlicks n'avaient plus de
cœur à l'ouvrage.

Le sergent Filtier était toujours sur le rempart
des Buisses. *Grosse-Marie* ne disait rien pour le
moment ; elle passait silencieusement sa gueule
par l'embrasure comme pour regarder curieuse-
ment la déroute de ses adversaires. Mon père,
étendu sur des sacs vides, dormait, la tête appuyée sur l'affût de sa pièce, et paraissait jouir
d'une si grande béatitude que j'hésitai à l'éveiller.

— Mets là ton panier, me dit le caporal Morel,
qui fumait sa pipe tranquillement assis sur le
revers du parapet, Filtier le trouvera à son réveil
et nous fricoterons ensemble tout à l'heure ; il
n'est pas trop tôt : nous avons déjà mangé les
tiges de nos bottes !

Je déposai la moitié de ma charge et je me mis
en route pour le réduit. Mais, là, je fus pris tout
à coup d'une grande terreur : j'eus beau parcourir
toute la ligne de défense, je n'aperçus pas Reboux,
et l'idée me vint qu'il était mort sur la brèche,
comme tant de valeureux citoyens. Alors je de-
mandai en tremblant au canonnier Mathon s'il
n'avait pas vu le Pointeur.

— Si fait, me répondit-il ; il a accompagné
son ami Demaline, qui a reçu un mauvais coup.

Ils doivent être chez M. Dathis, tiens, là-bas, à cette grande maison grise.

Il me montra une haute bâtisse qu'on distinguait au delà des démolitions, vers le quartier des Malades, et je repris ma course, l'esprit soulagé.

C'était dans la rue du Molinel qu'habitait M. Dathis, le marchand de toile, et l'on peut dire que c'était grand hasard que sa maison fut restée debout à peu près entière; car, avec ses quatre étages surmontés d'une plate-forme, c'était une des plus hautes constructions du pays, et, aussi loin qu'on pouvait voir, toutes ses voisines étaient par terre. On y avait transporté les blessés du Réduit, attendu que c'était la plus proche habitation qui renfermât encore des êtres vivants.

Par la porte toute grande ouverte, on distinguait ce qui se passait dans l'intérieur, et l'on pouvait constater qu'il régnait dans les salles basses une remarquable activité : on avait dressé des lits dans les salons et dans les magasins ; des citoyennes de bonne volonté y soignaient les éclopés, faisaient de la charpie ou préparaient des breuvages. Reboux était là, près du citoyen Demaline, qui était blessé à la tête d'un éclat de pierre, et qu'on avait étendu sur une paillasse posée à la hâte sur une pile de toiles. Malgré ses fatigues écrasantes et ses privations, le Pointeur n'était point changé, sa figure osseuse et calme ne portait aucune trace d'accablement; il était exactement tel.que je l'avais vu avant ces terribles évènements : il semblait que rien n'eût été modifié dans ses habitudes. Je lui remis le paquet qu'il déposa sur une chaise dans un coin, sans y prêter grande attention, et, comme je le voyais si affairé autour de son ami qu'il répondait à mes questions de l'air d'un homme qui voudrait bien qu'on le laissât tranquille, je me disposai à aller joindre mon capitaine, avec lequel tous ces incidents imprévus m'avaient depuis trop longtemps empêché de communiquer.

Je traversais le vestibule pour m'en aller, au moment même où le citoyen Dathis, accompagné des colonels Clarenthal, Tory, Baillot et d'autres personnages que je ne connaissais pas (j'ai su depuis que c'étaient les députés Delmas, Doulcet et Duhem) descendaient des hauts étages. Avec eux était François Verly, le fils du médecin, qui venait de dresser, pour l'envoyer à la Convention, avec le rapport des délégués, le plan général des ruines de la ville. Ce citoyen était architecte de son état, bon vivant, toujours prêt à rire et à se moquer des autres, et je le connaissais un peu, par la raison qu'il venait assez souvent chez les Nicquet.

— Bonjour, jeune héros, me dit-il. Eh bien ! voilà ton apprentissage fini, puisque te voilà passé

maître dans l'art de donner aux gens du fil à
retordre !

Et comme je ne savais que répondre, parce que
avec ce paroissien-là on ne devinait jamais si les
paroles étaient miel ou vinaigre, il ajouta :

— Oui, oui, Pottier m'en a touché deux mots;
il paraît que tu es un fameux luron ! Et c'est pourquoi je t'emmènes : j'ai justement besoin d'un
gaillard qui n'aie pas froid aux yeux.

— Je voudrais bien, M. Verly, mais c'est que
je dois aller rejoindre M. Nicquet au bastion de
droite.

— Bon ! Je vais aussi de ce côté-là.

Alors, il m'a passé un de ses grands portefeuilles
de dessinateur et nous sommes partis par la rue
du Dragon et la rue du Vieux-Marché-aux-Moutons.

C'est là que nous fûmes témoins d'un spectacle
extraordinaire, qui restera dans la mémoire des
peuples comme un monument spécial du patriotisme des Lillois.

Masse, le barbier, n'avait réussi à sauver des
débris de sa demeure que ses rasoirs et sa savon-
nette, et depuis lors il errait par les rues, comme
une âme en peine, cherchant obstinément un
menton complaisant qui consentît à se laisser
raser : mais les mentons avaient bien d'autres
soucis.

Ce matin-là, à la faveur de la défaite des ennemis, il était venu, comme beaucoup d'autres, revoir sa pauvre maison démolie, et s'était assis mélancoliquement sur les décombres en méditant de la fragilité des choses humaines et de la vaisselle en particulier. Il était plongé dans ses tristes réflexions, lorsqu'une bombe tomba presqu'à ses pieds et éclata en culbutant par-ci par-là quelques pans de murailles. La secousse le renversa, mais par miracle il put se relever sans une écorchure.

— Voilà mon affaire, dit-il en époussetant tranquillement sa culotte. Holà ! citoyens, voilà le plat à barbe des vrais .Lillois ! En avant, les patriotes, et vive la nation !

Un appel aussi patriotique ne pouvait manquer d'émouvoir tous les mentons : en un clin d'œil les pratiques abondèrent. Sans débrider, une trentaine de bourgeois se vinrent faire raser dans le cul de la bombe.

Et maître Masse était dans l'exercice de ses recommandables fonctions quand nous arrivâmes sur les lieux.

— Prête-moi ton dos, Filtier, me dit l'architecte.

— Allez-y, citoyen !

Je me mis à quatre pattes, et M. Verly se mit à dessiner sur moi comme sur une table. J'ai revu bien des fois depuis cette esquisse du vieux temps: elle est au Musée Wicar, et, quand je la regarde, je reconnais et je me rappelle encore tous les personnages de cette scène étrange, jusqu'à Sot-Cailleau qui gambadait derrière le barbier.

Quand il n'y eut plus de barbes à tailler dans le voisinage, Masse s'en fut avec sa bombe parcourir les autres quartiers, et, ce jour-là, ses talents ne chômèrent point.

Rue de l'Abbiette, l'architecte tira à droite : il s'en allait dessiner les ruines du quartier Saint-Sauveur; moi je continuai mon chemin vers la porte. Il était environ onze heures du matin.

Je retrouvai le capitaine Nicquet se trémoussant sur son bastion, aussi noir, aussi affairé, aussi subtil et aussi vivace que jamais. Après tout, la chose ne m'étonna pas beaucoup, car il était si long et si sec qu'il aurait pu passer dans une averse entre les gouttes de pluie, à plus forte raison avait-il dû échapper aux boulets. Je remarquai cependant que l'écouvillon, qui frétillait toujours dans sa main droite, avait perdu sa brosse : la tête avait été emportée par un éclat d'obus, ce qui prouvait que celle du capitaine l'avait échappé belle.

Mais tout le monde n'avait pas l'avantage d'avoir à sa disposition une carcasse infernale comme celle de mon respectable patron : les canonniers, brisés, exténués, à moitié morts, avaient peine à se tenir debout et semblaient à tout instant près de rouler sous leurs affûts. M. Nicquet courait de l'un à l'autre, comme un chien de berger autour de ses moutons, les exhortant, les encourageant, tantôt avec des supplications et des prières, tantôt avec des jurons et des malédictions :

— Allons, Dubrusle, Fabre, Destombes ! allons, courage ! encore un caisson à vider, mes enfants, et tout sera dit !... Ah ! gueux de Kaiserlicks, vous avez voulu manger du Lillois, mais, tonnerre de Dieu ! vous n'avez pas les dents assez dures !... Franchomme, je t'en supplie, réveille-toi ; tiens, bois un coup, ça te remettra !... Vernier, encore dix gargousses, rien que dix gargousses !... Regarde-moi ces couards de Kaiserlicks : ils caponnent, mon ami, je te dis qu'ils caponnent ; demain ils seront tous au diable... ou à Tournai !

Et il s'agitait tant et si bien que, malgré tout, le feu de la batterie ne ralentissait pas. De temps en temps, un canonnier allait se tremper la tête dans un baquet d'eau pour noyer le sommeil et la fatigue, puis retournait à sa pièce sans murmurer. Ah ! c'étaient là de vrais citoyens !

— Enfin, te voilà, petit ! s'écria le capitaine en me voyant débusquer à gauche du revêtement. Eh bien ! tu vas nous donner un coup de main : aux derniers les bons ! Comment vont-ils, là-bas ? ajouta-t-il tout bas.

— Tout va bien. J'en viens ; on est en joie et on vous attend.

— J'irai demain. Mets-toi aux caissons pour
soulager et soutenir ces braves qui crèvent à la
peine !

L'ennemi ne répondait plus à notre tir que par
quelques pauvres décharges de loin en loin : encore,
n'ayant plus de projectiles, fut-il obligé de fourrer
dans ses canons des pierres, des lingots de plomb,
les chaînes des barrières et même les poids de
l'horloge de l'église de Fives, ainsi qu'on le cons-
tata par la suite en les retrouvant dans les rues de
la ville ou enfoncés dans les murs des maisons.
Vers le soir, il devint aussi muet qu'un poisson.
La nuit tomba peu à peu en confondant toute la
plaine dans une égale obscurité, de sorte que,
n'étant plus guidés par la flamme des retranchements, nous ne tirions plus qu'au juger, mais sans
cependant arrêter le service.

— Hardi ! hardi ! allume ! feu ! hurlait le capitaine qui, avec son visage peinturluré, son grand
nez crochu, ses yeux flamboyant derrière ses sourcils et son écouvillon pirouettant, semblait, vu à
la lueur des mèches, être Belzébuth en personne
armé de sa grande fourche. Allez-y, sang-Dieu !
allez-y, tonnerre ! Feu ! feu ! Un galop d'enfer pour
la fin de la danse ! c'est l'Autriche qui paie la
musique !

XI

LA DÉLIVRANCE

A minuit, un aide de camp du général Ruault apporta l'ordre de cesser le feu. L'ennemi était en pleine retraite.

On plaça les sentinelles, on alluma un feu de bivouac au pied de la contrescarpe et chacun se vint étendre sur le gazon avec empressement et satisfaction.

A cinq heures du matin, de nouvelles instructions arrivèrent : le colonel Bourdeville allait tenter une reconnaissance vers les tranchées, et on comptait sur les batteries du *Petit-Pâté*, du bastion de droite et du *Réduit* pour protéger le mouvement. L'opération était délicate ; il s'agissait d'ouvrir l'œil et de veiller au grain. Une décharge simultanée des trois forts devait précéder la sortie, comme pour dire à l'ennemi, si toutefois il en restait encore dans les retranchements :

— Nous sommes toujours là, prêts à te tomber dessus si tu veux faire le malin !

On chargea les canons, et, mèches levées, on attendit ; le capitaine Nicquet regardait fixement le rempart. Juste à sept heures, un guidon rouge apparut sur le parapet :

— Feu !

La terre trembla, on entendit un vacarme assourdissant comme cent mille coups de tonnerre, puis plus rien... Les canons avaient toussé pour la dernière fois.

On rechargea les pièces, par mesure de précaution, histoire de ne pas être pris sans biscuit, puis on attendit, les yeux tournés vers le poste à signaux. Rien ne parut, ce qui voulait dire que tout allait comme sur des roulettes.

Sur les dix heures, un corps composé de détachements des 19e et 87e d'infanterie défila par la porte et se divisa en deux colonnes ; le 19e alla prendre position au *Petit-Pâté*, le 87e s'avança de notre côté : ils venaient relever les canonniers. Alors il y eut une grande joie sur le bastion, car chacun comprenait que ce changement était la preuve évidente de la fuite des Autrichiens. On a formé les rangs et, M. Nicquet en tête, on est parti par le flanc gauche en criant : « Vive la nation ! »

A la chaussée, nous avons été rejoints par la compagnie Ovigneur qui, comme nous, regagnait la ville. Les deux capitaines se sont embrassés comme deux vrais amis, deux vaillants frères d'armes qu'ils étaient, et les canonniers ont imité leur exemple. Ces généreux patriotes étaient tout à leur félicité, ne pensaient qu'à la délivrance qui était leur ouvrage, à la patrie qu'ils venaient de tirer de la griffe des tyrans... Mais moi, en considérant leurs visages animés, je me disais intérieurement :

— On rit maintenant, tout à l'heure on pleurera. Les canonniers Nicquet ne connaissent pas les pertes des canonniers Ovigneur et réciproquement, et tous les deux ignorent les dégâts intérieurs, voilà pourquoi ils sont dans l'allégresse ; mais bientôt il y aura un dur moment à passer... Gare à l'appel !

Dans la ville, ce fut un grand triomphe, comparable à ceux des anciens Romains que j'ai ouï raconter : le peuple, désormais libre, remplissait les rues, couvrait les décombres d'un flot vivant, et acclamait les canonniers avec frénésie. Les deux capitaines furent empoignés malgré eux, hissés sur les épaules et portés triomphalement jusque sur la Grand'Place, aux accents de *la Marseillaise*. Les tyrans qui auraient vu ces choses en auraient frémi d'épouvante.

L'hôtel des Canonniers lillois avait péri dans le désastre, il n'y restait plus pierre sur pierre ; on s'aligna donc sur la place, où se trouvaient déjà les autres détachements, et on fit l'appel. Alors seulement chacun apprit douloureusement ce que coûte la gloire : pas une plainte ne se fit entendre, mais le sombre silence qui suivait le nom des absents et le ton lugubre de la voix de M. Nicquet qui répondait chaque fois : « Mort au champ d'honneur ! » étaient plus significatifs et plus funèbres que des lamentations. Parfois aussi, on entendait un sanglot ou un cri de femme dans la multitude qui nous entourait : c'étaient les proches des défunts, père, fils, frère, mère ou femme, qui apprenaient tout à coup, sans préparation, la brutale et mortelle vérité.

. . . .

Le soleil du lendemain éclaira encore une scène mémorable que l'histoire du pays enregistrera soigneusement pour l'édification des générations futures.

Le bruit se répandit, dans la matinée, que le général Champmorin, à la tête de cohortes imposantes, allait sortir par la porte de Fives pour faire main-basse sur les tranchées autrichiennes.

Aussitôt, le peuple s'ébranla, les rues s'emplirent de gens armés; hommes, femmes, enfants, tout le monde, sortirent des maisons et se pressèrent autour des *burguets* (*), du haut desquels les citoyens les plus éloquents haranguaient la foule, en rappelant la rage sanguinaire des tyrans et de leurs mercenaires, leurs brigandages dans les campagnes inoffensives, l'acharnement qu'ils avaient déployé durant le siège, la honte et l'exécration de l'univers civilisé qui les poursuivaient jusque dans leur fuite, le triomphe de la liberté, et autres choses magnanimes propres à exciter l'enthousiasme.

Alors la population s'est précipitée en masse, comme un torrent, vers la rue de l'Abbiette, et a débordé dans la campagne qu'il a inondée jusqu'aux lignes de l'ennemi ; là a commencé le branle-bas : il y avait trente mille voix qui chantaient *la Marseillaise*, trente mille démolisseurs acharnés contre ces fossés et ces retranchements, trente mille citoyens qui vengeaient à coups de pioche la ruine de leurs maisons ou la mort de leurs parents. Voilà pourquoi le voyageur qui serait passé, à quelques jours de là, à travers le faubourg de Fives, aurait eu beau s'écarquiller les yeux : il

---

(*) On appelait ainsi, en ce temps-là, les portes des caves qui faisaient saillie sur la voie publique et étaient recouvertes d'une petite plate-forme.

aurait bien vu les maisons et les arbres rasés,
bouleversés, émiettés par nos batteries, mais de
camp retranché — pas plus que sur ma main !

Je vous raconte ces derniers évènements bien
que je n'en aie pas été témoin de ma personne. Je
les tiens de la bouche même de ceux qui ont renversé de leurs mains les travaux des Kaiserlicks
et qui ont ramené, comme un trophée victorieux,
le mortier fracassé que l'on voit encore de nos
jours au nouvel hôtel des Canonniers lillois.

Vous pensez bien que j'avais de bonnes raisons
pour profiter largement de l'hospitalité de M. Degand ; car, sans parler de la joie que nous éprou-
vions à nous retrouver ensemble, tous au complet,
sans avoir laissé ni pied ni patte à droite où à
gauche, j'avais moins que jamais le cœur de
quitter Victoire, et je la suivais dans ses allées et
venues, ne la perdant jamais de vue, — tant et
si bien que Mme Reboux avait déjà dit en parlant
de nous :

— C'est saint Roch et son chien !

Je n'étais pas sans comprendre, en les entendant
rire, que c'était moi qu'on regardait comme le
chien ; mais je ne m'en fâchais pas, au contraire ;
d'ailleurs, le chien est un brave et fidèle animal
que je n'ai jamais méprisé. Et je continuais à me
mettre en quatre pour tâcher d'être agréable à
Victoire ; j'aurais tout fait pour lui éviter peine,

ennui ou fatigue. Je l'avais toujours aimée de toute
mon âme, mais depuis ce matin où, pour la première fois, je l'avais tenue presque nue dans mes
bras, il me semblait qu'elle était plus à moi que
par le passé... Elle le comprenait bien, la chère
fille, m'en récompensait d'un bon regard, et parfois, quand nous étions seuls, elle me prenait la
tête à deux mains et m'embrassait en disant :

— Mon pauvre Louis, tu es aimant comme une
femme... mais va, je te rendrai heureux !

Quand nous nous sommes mariés, à la fin
décembre, M. Nicquet, en mémoire de mes exploits, m'a donné pour cadeau de noces un métier
à retordre le fil, de sorte que, à partir de ce jour,
j'ai travaillé pour mon compte dans notre maison,
près de Victoire qui faisait sauter ses *broquelets*
sur son carreau à dentelle. Reboux-le-Pointeur
s'est fait marchand de drap sur la Petite-Place, le
père Filtier est resté épicier comme devant, et
toute chose eut prospéré dans la paix et dans la
concorde, sans la bêtise et la méchanceté des
hommes, lesquelles menacent sérieusement de se
perpétuer à travers les siècles des siècles jusqu'à
la fin du monde. . . . .

Louis Filtier prononça d'un accent plein

d'amertume ces dernières paroles qui renfer-
maient une allusion à des évènements douloureux
pour lui, puis il se tut. Après être demeuré un
moment immobile, la main sur les yeux, il se
leva lentement. Il s'éloignait en silence, lorsqu'un
des enfants, auditeur attentif de son histoire et
curieux des minuties de détail comme on l'est
quelquefois à cet âge, lança cette question avant
que nous ayons pu lui imposer silence :

— Mais, monsieur, *Filtier* n'est pas un nom,
c'est un sobriquet ; comment vous appelez-vous
donc ?

Le vieux canonnier se retourna brusquement
sur le seuil et répondit d'une voix grave :

— Je m'appelle LE PEUPLE !

LE

PRISONNIER DE COMINES

LE

PRISONNIER DE COMINES

———

I

En ce temps-là, les bonnes gens du bourg de Comines-en-Flandre attendaient le retour de leur seigneur, parti depuis des années pour guerroyer en Palestine à la suite du roy de France, Louis, septième du nom, et pour la plus grande gloire de Dieu. Ils l'attendaient même depuis si longtemps qu'ils commençaient à désespérer de le revoir, ce dont ils étaient fort marris, par la raison qu'ils chérissaient ledit seigneur, qui était un chevalier de façons amiteuses, de bon cœur et de grande vaillance.

Le soir, après la journée faite, à l'heure où les bourgeois ont coutume de se rassembler sous les auvents pour deviser entre voisins, il n'était question que de cette absence extraordinaire et lamentable.

— C'est bien surprenant, disait-on, que notre sire ne s'en retourne mie. Depuis bel âge, le roi de France est rentré de Terre-Sainte avec ses barons, et de notre gentil seigneur nul n'a ouï parler. Plaise à Dieu et à Notre-Dame qu'après avoir bravement exterminé tant d'infidèles, il n'ait point lui-même été occis ou trouvé male mort en péril de mer !

Et les honnêtes vassaux se lamentaient d'autant plus amèrement que le successeur du bon chevalier en la seigneurie était un maître hautain, cupide et impitoyable.

Quatre années auparavant, — en l'an du Sauveur mil cent quarante et sept, — Hugues de La Clyte, baron de Comines, tout bouillant de chevalerie, de foi et de jeunesse, s'en était allé porter le renfort de sa bonne épée et de ses hommes d'armes à l'ost d'Occident qui travaillait à délivrer le Saint-Sépulcre de l'immonde présence des Sarrasins. Devant que de partir, il avait confié sa jeune et gente dame, la belle Yolande aux noirs cheveux, son fort castel, ses ville et seigneurie, au chevalier Raymond de Verwicq, son parent, que le populaire appelait « Tors-Yeux », parce qu'il avait ses lanternes visuelles à hue et à dia ; — lequel Raymond avait juré le grand serment sur la châsse de Saint-Chrysole de les loyalement défendre à outrance contre injure, dol ou mala-venture, pour les lui restituer indemnes, avec l'aide de Dieu, à son retour de la croisade. Alors, le valeureux baron avait enfourché son destrier et bravement s'était mis en chemin, avec ses gens de guerre, aux acclamations du peuple cominois, en échangeant de lointains saluts avec sa jeune épouse en larmes, qui agitait son écharpe sur la plate-forme de la maîtresse tour.

Toutes choses avaient marché à souhait durant les premiers temps, après le départ du sire. Le châtelain intérimaire remplissait sa charge à la satisfaction de tout chacun, respectueux et atten-tionné pour la jeune dame, vigilant pour le castel et pour le bourg, accommodant avec les bourgeois et secourable pour les claque-dents. Mais peu à peu, à mesure que les mois et les années s'écou-laient sans nouvelles du guerrier, les affaires avaient changé de tournure. Les yeux de Raymond, pour si tors qu'ils fussent, ne l'empêchaient mie de voir qu'Yolande était une femme souhaitable, de bouche appétissante et d'opulent corsage ; que le castel était superbe et robuste, avec ses logis somptueux, ses tours dentelées de créneaux, ses murs énormes, ses douves où coulait la claire eau de la Lys ; que le bourg était populeux, commer-çant et riche, et que l'ensemble de la seigneurie

formait une dot tout à fait en harmonie avec les
charmes de leur séduisante propriétaire. Or,
comme le paroissien n'avait point l'imaginative
aussi tortue que la visière, il se mit à ruminer en
ses esprits les moyens propres à lui assurer la
possession de l'une et des autres.

Quand il eut à son gré combiné sa machine, il se
mit à l'œuvre, feignant grande ardeur et mélan-
colie d'amour, répandant artificieusement le bruit
que le sire, son parent, avait trépassé dans les fers
des musulmans, s'entourant de serviteurs à lui et
se créant des partisans parmi les officiers et gardes
du château, se faisant craindre des gens du bourg
par son humeur farouche et sa brutalité. C'est
ainsi que, resserrant insensiblement chaque jour
les mailles du complot ourdi autour de la belle
Yolande, il en vint à intercepter toute relation
entre la ville et le castel et à séquestrer véritablement la noble dame, qu'il obséda dès lors sans
relâche et sans vergogne de ses sollicitations criminelles.

II

Le diable, qui voyait ces choses, s'apprêtait à en rire comme un cent de bossus, car le chevalier Raymond faisait telle besogne que Satanas en personne n'aurait pu mieux faire, et nul, hormis Dieu, ne peut savoir combien de temps vertu de femme résistera aux embûches et violences d'amour.

Il y avait pour lors juste quatre ans que le sire de Comines était parti en guerre, sans qu'on eût jamais eu de ses nouvelles depuis les discordes qui avaient dispersé, sous les murs de Damas, les armées de Louis de France et de Conrad d'Allemagne. Les intrigues de Raymond produisaient leurs effets : dans les pays de Flandre et de Hainaut, on admettait communément que l'infortuné seigneur de Comines avait payé de sa liberté et peut-être de sa vie les dissensions de ses compagnons d'armes, et l'on s'attendait à apprendre d'un jour à l'autre que la belle Yolande avait envoyé quelque messager à Rome pour obtenir du Saint-Père dispense de veuvage et permission de convoler en nouvelles et légitimes noces avec son poursuivant d'amour, le chevalier de Wervicq.

Seuls, les bourgeois de Comines, qui détestaient le particulier, s'obstinaient à espérer et à prédire le retour de leur ancien seigneur, turlutaine dont les officiers et archers du castel se gaussaient à l'envi. Toutefois, aucun de ces soudards ne se serait permis de continuer ses quolibets et goguenardises en présence de l'armurier favori du baron présumé défunt, Jehan Lehardy, syndic de la corporation des forgerons.

Ledit personnage, qui n'entendait point plaisanterie sur la matière, était un rude compagnon, expert au jeu de toutes armes de fer, fort comme un taureau, batailleur comme un paladin, avisé comme un tabellion, et, au demeurant, le meilleur fils du monde. Après lui, le plus persistant en espérance était le meunier Loisel, son compère et ami, chez qui le jeune châtelain avait conservé coutume de venir familièrement depuis son enfance, durant laquelle le farinier lui avait enseigné les subtilités de l'art de la natation.

Or, un beau soir, à la fin du mois de juin, notre dit sieur Loisel, le dos appuyé au chambranle de sa porte d'eau, regardait tristement la brume sortir de la rivière en nuages légers et grisâtres, lorsque le bruit d'un pas lourd vint le tirer de sa rêverie. Levant les yeux, il reconnut dans le survenant le maître maçon Loupiau, qui justement, en ces jours-là, travaillait avec ses ouvriers à réparer les dommages faits par le dernier hiver aux murs, tours et pignons du château seigneurial. Encore qu'il marchât sans se presser, comme il est de coutume parmi les gens de son métier, l'homme avait un air discret et effaré que remarqua de suite le digne meunier.

— Eh donc, Loupiau ! vous voici tout égaré. Notre sire serait-il revenu par aventure ?

— En vérité, maître Loisel, je suis en grands émoi et inquiétude ; ce n'est donc point une bonne nouvelle que je m'en viens vous dire... Mais le seuil d'une porte n'est point un lieu fait pour les confidences...

Et, poussant devant lui son ami enfariné, le maçon pénétra dans le moulin.

— Or, çà, compère, reprit-il quand tous deux furent arrivés en la cuisine devant la marmite mijotant dans l'âtre au bout de sa crémaillère, sachez qu'il se gâche un vilain mortier derrière les murailles que nous voyons d'ici. Tout à l'heure, comme je me trouvais seul sur mon hourdage, mes compagnons étant pour l'instant occupés ailleurs, la demoiselle Anne se montra tout à coup à une fenêtre voisine et me fit signe d'approcher l'oreille. Alors, après s'être assurée que nul ne pouvait la surprendre, elle me confia, sur l'ordre de sa maîtresse, les soucis de notre gracieuse dame. Le chevalier de Wervicq est un dépositaire infidèle, compère, et si quelque puissant n'y met obstacle, notre seigneur paiera chèrement sa confiance et sa braveté.

Le bonhomme s'arrêta un moment pour reprendre haleine, puis il continua :

— Le sire Raymond retient la jeune dame quasiment prisonnière et la persécute pour lui arracher les dernières faveurs d'amour. Il la poursuit jusqu'au lit, nuitamment, en pénétrant dans sa chambre par les passages dérobés dont il détient les clefs, et notre gracieuse dame aurait déjà subi ses violences, si elle n'avait pris la précaution de faire coucher deux de ses femmes auprès d'elle. Mais elle redoute de nouvelles manigances, d'autant plus que le traître, ne cachant mie ses volontés, a la main sur toute chose dans le castel, comme si l'héritage de notre sire lui était d'ores et déjà dévolu. Notre noble maîtresse m'a ordonné, par le moyen de sa suivante, de prévenir de ces menées les bourgeois de sa bonne ville, afin que

notification en soit faite en haut lieu et qu'il lui
soit apporté aide et protection. J'ai promis de
porter ce message sans retard, et, pour ce faire,
je m'apprêtais à descendre, lorsque je reçus sur le
chef un coup soudain, qui me fit peu de mal et
beaucoup de peur. C'était un objet qui m'avait
frappé. Roulant sur les ais de l'hourdage, il glissa
entre eux et alla tomber sur le revers du fossé, où
je le retrouvai. Le voici : c'est une cuillère de bois.
Ne riez point, compère ; moi, je n'ai point le cœur
aux facéties. Qui m'a jeté cet ustensile, comment
et pourquoi? Je n'y vois goutte. J'appréhende fort
d'avoir été aperçu ou entendu par quelqu'un des
soudards, auquel cas je ferais mieux d'aller chercher refuge à Lille ou à Ypres que de m'attarder
ici, à la merci de qui vous savez.

Le meunier resta un instant pensif.

— Voilà d'étranges et laides choses, ami Loupiau, répondit-il enfin ; mais je pense que vous
vous alarmez trop vite. Un espion se serait gardé
de vous mettre la puce à l'oreille : il s'en fût allé
subrepticement dénoncer le pot aux roses à son
maître pour augmenter sa faveur. Ceci ressemble
plutôt à une espièglerie de quelque page... N'y
a-t-il point aux alentours une fenêtre ou meur-
trière d'où l'on pouvait vous voir et vous atteindre ?

— J'y ai songé, mais il n'existe aucune ouverture à portée, hormis les lucarnes des cachots de

la Tour-d'Angoisse, au flanc de laquelle mon hourdage était appuyé; et ce n'est pas dans ces lieux
que les garçonnets se vont divertir. Je n'ai point
ouï dire non plus qu'il y eût là aucun prisonnier...
Ah! je suis fort anxieux, compère; je me hâte-
rais déjà sur la route de Lille, si je n'avais eu ce
message à porter. Maintenant que je vous l'ai
transmis...

— Non, ne précipitez rien, vous dis-je, cela ne
vous servira mie. Si vous êtes trahi, vous serez
ressaisi avant d'avoir perdu de vue le clocher de
Saint-Pierre. Tout bien pesé, le mieux est de
mettre dans l'affaire les principaux du bourg, à
commencer par Lehardy, et sans perdre une minute. En route, compère!

L'habitation de l'armurier était sise sur une
placette qu'on appelait le carrefour Saint-Pierre,
parce que l'église y ouvrait un de ses portails
latéraux. C'était une étroite maison de bois, comme
la plupart des demeures bourgeoises de ce temps
dans les villes sanglées de remparts. Ses deux
étages avançaient l'un sur l'autre de manière à
former abri pour le rez-de-chaussée, entièrement
ouvert en contre-bas de la rue, dans lequel tout
venant pouvait pénétrer en descendant trois marches. La façade révélait une certaine opulence:
les bouts de poutres qui supportaient les surplombs
étaient taillés en mascarons grimaçants, les croi-

sillons étaient moulurés, et de la pointe du pignon sortait un bras armé d'un marteau qui figurait enseigne parlante. La forge occupait naturellement le bas du logis ; elle était encombrée d'enclumes, d'instruments de toute sorte, d'armes fabriquées ou en cours d'exécution appuyées aux parois noircies par des fumées séculaires ; au fond s'ouvrait béante une massive cheminée de briques, devant laquelle des apprentis s'empressaient pour abattre les feux. C'est dans cet antre de cyclope que nos deux compagnons trouvèrent l'homme qu'ils cherchaient.

Lehardy soupait d'une écuelle de lait et d'une miche de pain sur une enclume, en surveillant du coin de l'œil la manœuvre de ses élèves. Il avait simplement jeté sur son torse nu une souquenille qui laissait voir la musculature puissante de sa poitrine et de ses bras.

— Quand on pense au loup, on voit passer sa queue, s'écria-t-il d'une voix joviale, lorsqu'il aperçut ses visiteurs ; par saint Eloi, mon patron, vous arrivez à point, maître Loisel, car de ce pas j'allais droit au moulin ! Imaginez-vous que, cette nuit même, j'ai revu trois fois en songe notre cher sire rentrant vivant et joyeux en sa bonne ville. Ça signifie quelque chose, cela, mon compère ! Une fois, c'est mon lot de chaque nuitée ; deux fois, ce n'est déjà plus naturel ; mais faire trois fois de suite le même rêve, tout le monde vous dira que c'est un avertissement du ciel. Notre maître arrive, compères, j'en suis aussi sûr que d'avoir été baptisé, et s'il n'est point encore en vue du beffroi, allez, il ne s'en faut guère !

— Dieu vous entende et vous exauce, ami, il en est temps, répondit le meunier en se signant.

Tout en parlant, l'armurier avait conduit ses hôtes dans la pièce qui faisait suite à l'atelier et qui servait de chambre à manger, prenant jour sur un petit courtil.

— Fermez l'huis, s'il vous plaît, maître Lehardy, dit le maçon, ce que nous avons à dire n'est point pour les oreilles des marmousets.

— Ni pour celles des commères, je suppose ; alors différez un moment. Barbe, de la bière et des gobelets, ma bonne fille !

La servante étant sortie, après avoir déposé sur la table ce qu'on lui demandait, et les trois hommes ayant pris place sur des escabelles, le vieux maçon raconta de nouveau les choses singulières qu'il avait entendues et qui lui étaient advenues.

L'armurier l'avait écouté jusqu'au bout, sans que son exaspération se trahît autrement que par un prodigieux gonflement des veines de son cou ; mais quand le bonhomme eut terminé, il se soulagea à sa manière en martelant la table d'un coup de poing qui l'estropia.

— Mort et sang ! rugit-il en se dressant furieux, l'escabeau entre les jambes. Notre gentille dame à ce stropiat ! Notre domaine à ce couard ! Lui, lui, dans le lit et dans l'armure de notre sire ! Que mon propre dos serve d'enclume au grand diable d'enfer, si, avant que semblable chose se voie sous la calotte des cieux, la main que voici n'a pas démoli pièce à pièce la carcasse de ce larron !

— Là, là, point de bruit, compère, interrompit le meunier en touchant l'épaule de son bouillant compagnon. Ce que vous dites là, chacun sait que vous êtes homme à le faire ; mais vous oubliez que le Tors-Yeux est au castel et vous au bourg, qu'il tient la dame entre ses griffes et que vous ne le tenez pas, lui. C'est à votre intellect et non à votre colère qu'il faut demander avis.

Lehardy, reconnaissant la justesse de l'observation, lampa une large rasade pour se calmer et se rassit, les coudes sur la table et le front dans les deux mains. Loisel reprit :

— Le pressant est de trouver moyen de tirer notre maîtresse de ce mauvais pas. Mais comment arriver jusqu'à elle ? Ce maudit fait bonne garde. Loupiau et ses aides ne pénètrent pas à l'intérieur du castel... D'ailleurs Loupiau lui-même redoute les traîtrises et il songe à gagner au pied...

— Loupiau ne le doit point faire, répondit violemment le forgeron ; il est présentement notre

seul allié, puisque seul il peut, à cause de sa besogne, arriver jusqu'au château. Au surplus, maçon,
n'ayez aucune crainte : Wervicq n'est pas assez
sot pour susciter mal à propos un conflit avec les
bourgeois d'ici, qui ne sont pas d'humeur à laisser
molester un des leurs. Et moi, je vous promets
d'avoir l'œil sur vous. Donc, soyez en paix.

— C'est bien, maître, soupira le bonhomme, il
sera fait comme vous le désirez.

— Une démarche solennelle du corps de ville
auprès de notre princesse, sous prétexte de quelque gros litige, est encore ce qu'il y aurait de
mieux, continua pensivement l'armurier ; chacun
aura une arme sous son habit, pour le cas de besoin... Une fois en force là-dedans, qui nous empê-
chera de demander hardiment à la dame quel est
son souhait et de lui faire escorte, si elle le juge
à propos, jusqu'en quelque moutier? Oui, c'est là
le joint. Mais c'est une pièce délicate à forger ; il
faut manigancer l'affaire avec les échevins, et de
cela, je m'en charge. Avant que la semaine soit
échue, compères, vous entendrez sonner la bancloche ! En attendant, vous, maçon, gardez-vous
d'interrompre votre ouvrage ; au contraire, traî-
nez-le : vous êtes pour le moment la prunelle de
nos yeux et le conduit de nos oreilles. Et pour ce
qui est de votre cuillère, comme il n'est pas probable qu'elle soit tombée du ciel, elle vient certai-

nement de la Tour-d'Angoisse... Faites-y grande
attention, compère, car il doit y avoir aussi quelque félonie de ce côté-là !

Toutes choses ainsi réglées, les trois hommes se
séparèrent. La nuit était venue, et les pignons serrés des maisons de la petite ville se découpaient
en triangles obscurs sur le fond demi-lumineux
du ciel étoilé. Les tisseurs et les foulonniers, dont
l'industrie faisait la richesse du bourg, avaient
fini leur journée, et le silence régnait dans les
ateliers qui bordaient la rivière. Dans les rues déjà
désertes, qu'on aurait pu comparer à un écheveau
de ficelle entortillé autour de la Maison commune,
tant elles étaient étroites, tortueuses et enchevê-
trées, les lumières s'éteignaient une à une, et l'on
n'entendait çà et là que les vagissements de quelque enfant pleurard ou l'écho des pas de l'unique
veilleur qui venait de commencer sa tournée de
chaque nuit.

III

Trois jours s'étaient écoulés, pendant lesquels le maître armurier n'avait pas perdu son temps, quand le bonhomme Loupiau s'en revint à la forge du carrefour Saint-Pierre.

— Entrez, entrez, ami Loupiau, cria Lehardy de sa voix sonore et joviale ; j'espère que vous m'apportez de bonnes nouvelles du bâtiment que nous construisons ensemble.

— Oui, reprit le maçon après avoir jeté un regard vigilant autour de lui, oui, tout va bien. Notre maîtresse est prévenue, et le chevalier ne se doute de rien. Mais il y a du nouveau du côté de la tour. J'ai mené par là grands fracas d'échelle et tintement de truelle, avec force refrains, selon mon ordinaire, et je sais maintenant d'où me

vient la batterie de cuisine. Chaque soir, et aujour-
d'hui encore, à la même heure, la même main
s'est montrée à la même lucarne du dernier étage,
sous la plate-forme, et a laissé tomber le même
objet : toujours une cuillère de bois — sans doute
celle qu'on apporte au prisonnier avec sa pitance.

— C'est bien certain, maçon. Il y a là un captif
qui demande secours. Qui est-il? voilà la question.
Quelque vieux serviteur trop fidèle, peut-être...

— Non. Ceux-là ont été congédiés l'un après
l'autre. Le fauconnier, qui était le dernier, est
parti à Pâques.

— Pourtant, depuis la partance de notre sire, il
n'est advenu ni rebellion ni guerre... C'est bien
singulier!... Mais il n'importe, ce prisonnier va
nous servir grandement, en nous donnant le prétexte que nous cherchons pour forcer la porte du
castel et requérir audience. Pour votre gouverne,
compère, c'est vous qui serez censé retenu indûment en geôle et que le corps de ville s'en ira
réclamer au nom de ses droits et privilèges. En
conséquence, vous allez, s'il vous plaît, sitôt la
nuit tombée, tirer vos grègues devers la bonne
ville de Lille, et ne rentrerez céans avant quatre
jours pleins. C'est-il dit?

— C'est dit et c'est fait, maître Lehardy. Voici
la nuit... Le temps seulement de prévenir ma
ménagère...

— Gardez-vous-en, compère, cela gâterait tout. Langue de femelle démange toudis et votre femme jouerait mal la comédie, si elle en savait le fin mot. On l'avertira quand il conviendra, soyez tranquille. Voici des hardes et des espèces ; c'est d'ici qu'il faut partir.

— Allons, amen ! A la grâce de Dieu !

Et le brave homme, ayant mis le paquet au bout d'un bâton et le bâton sur son épaule, s'en fut d'un bon pas, pour issir de la ville avant le couvre-feu.

Maître Lehardy se hâta de fermer sa maison et s'en fut de son côté mettre les fers au feu. Il s'en alla frapper aux portes de messieurs du Magistrat, des chanoines de la cathédrale et des chefs de corporation, révélant aux uns le secret de la machine, chauffant les oreilles des autres par le récit du prétendu attentat dirigé contre Loupiau, préparant comme il faut, selon les gens, la grosse entreprise du lendemain, et lorsqu'il rentra en son logis, au milieu de la nuit, tout son monde, dûment stylé, était prêt à courir à la halle à la première volée de la bancloche.

Au château, cependant, où l'on n'avait aucune idée de la sourde agitation qui régnait dans la ville, rien n'était changé aux habitudes quotidiennes : les hommes de guet veillaient comme de coutume, qui aux créneaux, qui à la barbacane ;

les officiers, réunis dans la salle des gardes, jouaient aux dés en buvant de la cervoise, à la clarté de gros flambeaux de suif ; la baronne Yolande, suivie de ses femmes, avait regagné ses appartements de son pas majestueux, sans rien trahir des inquiétudes qui remplissaient son âme ; et le chevalier aux yeux tors terminait sa ronde de chaque soir, en combinant ses trames et en méditant sur les procédés les plus propres à faire tomber promptement en sa main l'appétissant héritage, corps et biens, meubles et immeubles, sacs et parchemins. Les eaux de la Lys coulaient rapides dans les douves profondes ; les tours dressaient dans la nuit claire leurs couronnes dentelées ; le silence des ténèbres n'était interrompu de temps en temps que par le choc fortuit de l'épée d'un soldat contre les parapets de pierre ou par le hennissement d'un des chevaux enfermés aux écuries. C'était une belle et calme nuit d'été, comme celle qui avait suivi le jour fatal où la bannière rouge chevronnée d'argent du chevaleresque sire de La Clyte avait disparu derrière les arbres de la campagne, une nuit comme il s'en était tant écoulé depuis que la belle Yolande était veuve de son bien-aimé.

IV

La journée commence, le soleil monte radieux dans le ciel bleu pâle où glissent de petits nuages roses et violets, mais aucun des bruits familiers et caractéristiques des cités industrieuses ne se fait entendre : ni les battoirs des foulons et des moulins à huile, ni les meules des meuneries, ni les rabots des charpentiers, ni les navettes des tisserands, ni les marteaux des forgerons. Et pourtant un grand bourdonnement, fait de mille voix que domine un tintement sonore, remplit la ville tout entière : c'est le peuple qui se hâte vers la halle échevinale, accourant au tocsin de la bancloche. De tous les logis, à peine éveillés, s'élancent des hommes : un, deux ou plus, vieux et jeunes, le père avec les fils, quelques-uns ajustant en mar-

chant leurs vêtements endossés à l'improviste ; et
tout le lacis embrouillé des rues et pertuis, places
et carrefours fourmille de gens affairés qui vont
grossir la cohue qui encombre déjà les alentours
de la Maison commune. Là, sur le marché qui
s'étend devant la halle, les groupes sont serrés et
les discussions bruissent ; comme toujours, les bourgeois se montent mutuellement la tête, les poltrons
faisant les braves, les sots faisant les malins et les
ignorants faisant les entendus. On répète, on col-
porte les histoires habilement répandues par Lehardy et ses compères ; les esprits s'échauffent, les
colères s'allument et éclatent en invectives et en
menaces contre le violateur du pacte communal
qui a osé porter la main sur un bourgeois et qui
n'est au demeurant qu'un « vil usurpateur ». Ce
mot, qui résume particulièrement bien la situation,
a un succès fou ; en une minute il passe de groupe
en groupe, résonne dans toutes les bouches, et
devient tout à coup le mot d'ordre du jour et le
cri de ralliement de la multitude : « A bas l'usurpateur ! »

L'arrivée des archers bourgeois, qui sortaient
de la halle et prenaient leur rang de marche sous
la conduite de leur connétable, calma l'effervescence en offrant un dérivatif à l'attention populaire
— qui rivalise, comme chacun sait, avec les vents
et les flots pour la versalité. Puis ce furent les deux

sergents, la hallebarde au poing, et les deux huissiers, la chaîne d'argent au cou, qui parurent sous
la voûte du porche ; puis enfin le corps de ville au
grand complet : les quatre échevins entourant le
bourgmestre, — un vieux gentilhomme du nom de
Wallerand, qui, depuis quarante ans, vivait à
Comines, après avoir laissé pour rançon aux musulmans de Palestine l'un de ses bras et la moitié
de ses biens, — le doyen et les six chanoines de
la collégiale suivis de leurs clercs, et enfin les
syndics des diverses corporations. Dans cet ordre,
le cortège, que ferma une arrière-garde d'archers,
se mit en marche vers le pont du château, enve-
loppé de la foule badaude.

Il y fut bientôt, la distance étant brève. Mais à
moins de se mettre à la nage, force lui fut de s'arrêter sur la petite esplanade qui séparait la ville
des fossés du castel, par la raison que le pont
était parfaitement bien levé. Devant cette compli-
cation, le vieux bourgmestre frotta militairement
sa barbe blanche de son unique main et fit un
geste auquel un des sergents répondit en embou-
chant sa trompe.

On vit alors paraître sur la barbacane un soldat,
l'arbalète à la main, auquel l'un des huissiers
annonça cérémonieusement :

— Le corps de ville, magistrats, clercs et laïcs,
présente humblement requête aux fins d'être admis

en audience par la haute et puissante dame de Comines, pour affaires urgentes concernant les bourgeois de ladite ville.

Le soldat déclara qu'il allait transmettre ce message et s'éloigna, laissant les dignitaires et leur escorte populaire se morfondre au soleil. L'attente fut assez longue et l'impatience commençait à se traduire par des murmures peu révérencieux, lorsque le même homme se montra de nouveau sur la muraille.

— Monseigneur Raymond envoie son assurance de bienvenue à messires du Magistrat et autres membres du corps de ville, et leur fait assavoir que, notre noble maîtresse étant empêchée, il ouïra volontiers leurs doléances ou propositions en ses lieu et place.

Le chevalier manchot, qui ne comptait pas la patience au nombre de ses vertus, devint pourpre de colère en entendant ces paroles ; il s'avança d'un pas délibéré jusqu'à l'extrême bord de la douve et répliqua rudement :

— Va dire à ton maître que nous avons affaire à notre suzeraine et non à son vassal, et que si, devant que mon ombre passe de ma droite à ma gauche, le pont de ce castel ne s'est point abaissé pour nous, je porterai moi-même la plainte du corps de ville aux oreilles du comte de Flandre.

Le soldat, intimidé, se retira une seconde fois,

pendant que les bourgeois et le menu peuple jubilaient à l'envi de la verdeur de leur bourgmestre.

L'attente fut plus longue encore, mais la réponse du vieillard avait évaporé la bile publique, et aucune récrimination ne se produisit. On attendait avec curiosité ce qui allait advenir.

Il n'arriva rien que de fort ordinaire : on entendit le grincement de la herse qui se levait, puis le froissement des chaînes du pont qui roulaient sur leurs tambours, et l'on vit le tablier s'abaisser lentement, débouchant le passage et laissant apercevoir une troupe de gens de guerre réunie sous la voûte.

Le cortège communal — moins son escorte d'archers qui demeura rangée sur l'esplanade — se remit en mouvement et pénétra dans le château, précédé et conduit par un des officiers seigneuriaux, tandis que les gens d'armes, croisant leurs piques, contenaient le populaire et l'empêchaient de dépasser le pont.

Le corps de ville fut introduit en la grande salle du palais, dont il connaissait de vieille date le plafond à grosses poutres enluminées de gueules et d'or, les murs plaqués de boiseries artistement ajustées, la vaste cheminée surmontée de l'écu des sires de La Clyte, et la haute stalle à deux places dressée à l'autre extrémité sur un palier recouvert d'un tapis. Peu après, une porte s'ouvrit, et la belle Yolande entra en grand apparat, une main appuyée sur le poing du chevalier de Wervicq qui la conduisit à son siège, auprès duquel il resta debout. Les suivantes, le chapelain, les pages et les principaux officiers du château parurent ensuite et se groupèrent des deux côtés du palier. La châtelaine paraissait émue, et ce fut d'une voix agitée qu'elle salua ses hôtes en ces termes :

— Soyez les bienvenus en notre castel, messires, et veuillez me pardonner mon involontaire discourtoisie : je viens seulement d'être avertie de ce qui se passait ici. Sachez-le, je suis trop heureuse toujours de me retrouver au milieu de mes fidèles bourgeois de Comines pour leur faire affront quand ils me viennent visiter. Parlez donc au nom de votre ville, messire bourgmestre, assuré qu'une oreille amie vous écoute... Peut-être aurai-je, moi aussi, requête à vous adresser.

A ce moment, Lehardy disait à mi-voix à ses amis qui l'entouraient :

— Si vous n'avez jamais vu la mine que fait le diable dans un bénitier, regardez le museau du Tors-Yeux, ça vous instruira !

Le vieux bourgmestre s'inclina profondément et répondit à sa suzeraine :

— Les bourgeois et manants de Comines, dont je suis céans le représentant et l'interprète, vous adjurent, noble dame, de croire à leur inaltérable fidélité ; ils sont prêts à vous en fournir telle preuve qu'il vous plaira dé leur demander, et, comme vous, ils prient le Seigneur Dieu de ramener sain et sauf auprès d'eux le très loyal, très affectionné et très vaillant chevalier, leur maître et votre époux. Ils conservent pieusement le souvenir de la sollicitude dont lui et vous n'avez cessé de les entourer ; aussi sont-ils convaincus que les méchefs infligés à l'un d'eux, et pour lesquels ils viennent aujourd'hui vous porter leurs doléances, n'ont point reçu votre approbation et ne sont même point arrivés à notre connaissance.

— Certes, non, de par Dieu ! interrompit Yolande. Messire, que signifie ceci ? ajouta-t-elle en tournant vers Wervicq son beau visage empourpré de colère.

— Il y a ici quelque méprise, répondit l'interpellé d'un ton froid et méprisant. Aucun homme du bourg n'a été occis, ni navré, ni malmené, que je sache... Tâchez de vous mieux expliquer, bourgmestre.

— Gracieuse dame, reprit celui-ci en affectant de ne pas répondre au gouverneur, Jean-Baptiste Loupiau, maître maçon, a disparu ces jours-ci pendant qu'il poursuivait besognes de son métier en ce château, et le corps de ville a reçu des témoignages desquels il appert que ledit Loupiau est indûment retenu captif ici même.

— Ceux qui t'ont dit cela en ont menti par la gorge, s'écria violemment le chevalier de Wervicq ; il n'y a point de captif dans le castel !

— Ma parole vaut bien la vôtre, je suppose ! répliqua le bourgmestre avec hauteur.

— Paix, messires ! intervint la châtelaine. Le corps de ville, je le crois bien, ne se fût point mis en émoi sur des preuves frivoles ; mais encore, les témoignages dont vous parlez, bourgmestre, vous plairait-il de les faire connaître ?

— Ainsi ferai-je, par Notre-Dame ! A moi, maître Lehardy !

L'audacieux armurier ne se fit pas appeler deux fois. Se dégageant des rangs de ses compagnons, il s'avança .posément aux côtés du vieillard, la tête levée, la poitrine saillante, la désinvolture assurée, en homme qui sait ce qu'il veut et qui a confiance en lui-même.

— Tu étais le favori de mon bien-aimé seigneur, Lehardy, tu es donc le mien ; parle sans détour et sans crainte.

— Ainsi soit-il, noble dame. C'est moi et nul autre, moi, Pierre Lehardy, syndic des armuriers et forgerons de cette ville, qui ai déposé plainte devant les échevins. Voici pourquoi et comme. Il y a cinq jours, Jean-Baptiste Loupiau, sortant du castel, où il était employé aux réparations des murs et pignons, s'en vint porter, en mon logis, un message important dont on l'avait chargé de la part de votre seigneurie...

A ces mots, Raymond n'ayant pu retenir un mouvement de fureur, l'armurier s'arrêta à dessein, en le considérant, ce qui acheva d'irriter le personnage.

— Il paraît que ce drôle est à bout de calembredaines, dit-il d'un ton sec.

Lehardy sourit et, se tournant de nouveau vers la châtelaine, il continua :

— Loupiau me confia ses frayeurs, à ce propos : il craignait d'avoir été espionné, redoutait grandement la colère du chevalier de Wervicq ci-présent, et voulait fuir. Je le réconfortai de mon mieux et le décidai à continuer sa besogne ordinaire. En quoi j'eus tort, car peu après le pauvre homme a disparu sans laisser trace de lui.

Le rire méprisant du seigneur Raymond interrompit cette déposition.

— Cet homme divague, madame, et vous ne devez point honorer de votre attention pareilles billevesées. Sur ma foi de gentilhomme, j'ignorais que vous eussiez pris ce maçon pour messager et je déclare qu'aucune violence ne lui a été faite. La démarche du corps de ville est par conséquent sans objet : il n'y a point de prisonnier en ce château.

— Est-ce là tout, maître Lehardy ? demanda la dame de Comines.

— Non, gracieuse maîtresse. Messieurs du Magistrat n'auraient point accueilli une accusation aussi vague. Il n'y a point de prisonnier au château, dites-vous, messire; est-ce bien ce que vous affirmez?

Aussi hardiment et directement interpellé, le chevalier se troubla, malgré son astuce; son visage blêmit et sa main chercha machinalement la poignée de sa dague, mais ce mouvement ne dura qu'une seconde. Il ressaisit aussitôt son sang-froid et répondit avec dédain :

— Du moins, ai-je affirmé que le bourgeois Loupiau n'est point enfermé dans ces murs.

— Eh bien! moi, voici ce que j'affirme : il y a un prisonnier à la Tour-d'Angoisse, et je dis de plus que ce prisonnier est le compagnon que nous cherchons...

— Vassal, tu as outragé ton seigneur; sois puni !

En vociférant ces mots, Wervicq, livide de rage, bondit sur l'armurier et le frappa de son poignard.

Mais Lehardy, qui avait attisé à dessein cette fureur et provoqué cette attaque, ne fut point pris au dépourvu. Habitué à façonner et à manier le fer, il n'était pas de ceux qui ignorent les artifices d'un combat singulier. Il s'effaça d'un vif mouvement de côté, et sa large main reçut le bras armé de son antagoniste, sur lequel elle se referma comme la mâchoire d'un étau, et au même instant le forgeron terrassa le seigneur sous les yeux de l'assistance stupéfaite.

— Trahison ! cria le chevalier, se débattant vainement sous le genou puissant de son vainqueur. A moi, Thibaut ! Raoul, Michel, à moi ! Massacrez ce manant ! Tue ! Tue !

— Que pas un ne bouge, riposta Lehardy d'une voix tonnante, sinon je cloue ce félon au sol avec sa propre dague, advienne de moi ce qu'il plaira à Dieu ! Ce traître s'est trahi lui-même en tentant de m'occire avant que j'aie parlé. Oui, il y a un captif ici, un captif inconnu et secret, un captif dont vous ne savez rien vous-même, noble dame. Ce prisonnier si important et si mystérieux, dont bientôt sans doute on allait faire un mort que les eaux de la Lys auraient emporté à l'Escaut et à la mer, savez-vous qui il est, dites, le devinez-vous ? Moi, je l'ai deviné, car ce que j'ai conté du vieux Loupiau n'était que ruse pour démasquer une abomination sacrilège. Ce prisonnier, c'est notre sire !

— Confesse ton crime ou meurs ! ajouta le forgeron, transfiguré par l'enthousiasme et levant la lame étincelante sur la gorge du misérable.

Cependant, Yolande, la main crispée sur le bras de la stalle, s'était soulevée, pâle, le sein palpitant, et un tumulte extrême régnait dans la salle, les hommes d'armes voulant obéir à l'appel de leur maître malgré les bourgeois qui prétendaient soutenir leur compagnon, lorsque les derniers mots de l'armurier vinrent les paralyser de stupeur.

— Homme, as-tu dit la vérité? s'écria Yolande d'une voix étouffée par une poignante anxiété.

— Je l'ignorais moi-même tout à l'heure; maintenant, j'en réponds sur ma vie, répondit gravement le forgeron. Au surplus, l'incertitude en sera brève. Un ordre de votre bouche, madame, et je vais de ce pas quérir le prisonnier et le remplacer par celui-ci, en attendant mieux.

— J'y veux aller moi-même. Dieu te pardonne, si tu m'as leurrée! Gardez le chevalier, vous autres, ordonna-t-elle à ses officiers, et ne le laissez s'évader, si vous tenez à votre tête; dès ce jourd'hui, apprenez-le, moi seule commande ici. Suis-moi, Lehardy, tu seras à la joie que tu as annoncée ou à la douleur que tu auras causée!

La belle Yolande descendit en grande excitation la marche de son siège et quitta la salle accompagnée de ses femmes et de ses pages. L'armurier abandonna son ennemi qui se releva lentement d'un air sombre, et tirant une lourde masse d'armes cachée sous son vêtement, il s'élança sur les pas de la châtelaine.

V

La foule assemblée dans la vaste salle était en
proie à une inexprimable agitation. Les officiers
du château s'étaient retirés à l'une des extrémités
et réunis, auprès de la cheminée, en un petit
groupe autour du chevalier de Wervicq ; là, ils
s'entretenaient à voix basse avec le prisonnier
remis à leur garde, tandis que des soldats arrêtés
sur le seuil d'une porte voisine regardaient ce qui
se passait, curieux et insouciants. Dans les rangs
de la députation bourgeoise, on commentait avec
passion ces évènements imprévus ; les clercs signa-
laient la main de Dieu « qui n'abandonne jamais
ses fidèles, affirmaient-ils, et fait infailliblement
triompher le bon droit » ; les échevins et syndics
célébraient l'adresse et la vaillance de leur com-

père, tout en se ménageant prudemment des réserves pour le cas où les choses tourneraient de
travers; seul, le vieux chevalier bourgmestre parlait net et franc, déclarant sans ambages que Lehardy avait vu clair et touché juste et qu'il méri-
tait d'être anobli pour un pareil service rendu à
la justice et à son seigneur.

Cependant le temps s'écoulait et commençait à
sembler long; le silence, un silence fait d'incertitude et d'anxiété, avait succédé au tumulte des
conversations; et la châtelaine ne reparaissait
point, et aucune rumeur révélatrice ne s'entendait
au dehors. Les bourgeois se sentaient mal à l'aise
et échangeaient entre eux des regards inquiets,
lorsqu'enfin l'un des pages, qui avait suivi sa maîtresse, accourut en tourbillon, tout essoufflé, moitié
pleurant, moitié riant, criant de sa voix d'enfant
exalté :

— C'est monseigneur! c'est monseigneur!

En même temps retentit au dehors la voix sonore du forgeron qui, d'une fenêtre, ordonnait à
pleins poumons :

— Holà, gardes! de par nos bons seigneurs,
messire Hugues et madame Yolande, ordre à vous
de laisser libre entrée du castel aux gens de Comines!

Alors éclata dans la salle une clameur ardente,
qui eut presque aussitôt un puissant écho dans la
cour, qu'un flot de peuple venait d'envahir. Sur un

signe du doyen de Saint-Pierre, les clercs s'age-
nouillèrent, puis après eux les bourgeois, et le
chant grave de l'hymne d'allégresse succéda aux
acclamations : *Te Deum laudamus...*

Ce fut au milieu de cette expansion des âmes
qu'apparut dans le cadre gothique de la porte vers
laquelle tous les regards était tournés, la belle
châtelaine entourant de ses bras le prisonnier
mystérieux, que soutenaient fort à propos les bras
plus vigoureux de maître Lehardy. Malgré le
désordre de sa chevelure et de sa barbe hirsutes,
malgré l'altération de son visage dont l'extrême
maigreur révélait les affres d'une longue et dure
captivité, malgré les haillons sordides qui couvraient son corps affaibli, malgré la chaîne immonde qui pendait brisée à son flanc, il n'y eut
personne qui ne le reconnût à l'instant : c'était le
baron de Comines, Hugues de la Clyte.

Les acclamations recommencèrent aussitôt plus
passionnées, les bourgeois se relevèrent et se
précipitèrent à l'envi, baisant ses mains, ses
genoux, ses hardes, jusqu'à sa chaîne, tandis que
lui, immobile, presque renversé sur l'épaule de
son formidable libérateur, regardait tous ces honnêtes visages qu'il pensait ne plus jamais revoir,
deux ruisseaux de larmes silencieuses coulant sur
ses joues creusées. Avant qu'il eût pu reprendre
ses sens et prononcer une parole, vingt bras le

saisirent et le transportèrent sur son trône seigneurial.

Au milieu de ces effusions, la basse-taille de
l'armurier, toujours pratique, détona tout à
coup :

— Damnation ! où donc est le félon?

Mais il eut beau fouiller les recoins de la salle
et interroger ses amis : Raymond-Tors-Yeux n'é-
tait plus là, et personne ne put lui en donner des
nouvelles. Le traître, profitant de la confusion
générale, s'était évadé avec l'aide et en compagnie
des officiers, ses complices. Ils fuyaient probablement déjà à bride abattue à travers la campagne.
Le brave forgeron s'en arrachait de rage des
poignées de cheveux.

— Calme ta colère, mon bon compagnon, lui
dit le sire en souriant, je remercie le seigneur
Dieu qu'il en soit ainsi, car ç'aurait été péché que
de faire, en jour comme celui-ci, acte de sévérité,
même pour châtier un infâme. Quant à toi, Lehardy, en cette aventure tu as fièrement justifié
le nom que tu tiens de ton père, et il ne dépendra
pas de moi que tu ne le transmettes à ta postérité
allongé et enrichi comme il convient !

S'adressant alors au bourgmestre et aux échevins :

— Je veux, ajouta-t-il, que mon bon peuple
de Comines participe à la joie de ma délivrance

et que le souvenir de sa fidélité soit transmis par un témoignage perpétuel aux générations futures. Chaque année, à pareil jour, le troisième de juillet, messires, j'entends que des fenêtres de la halle, à nos dépens et par vos mains, largesses soient faites, consistant en bonne monnaie d'or et d'argent et en ustensiles de bois pareils à ceux qui m'ont servi pour appeler à l'aide. Cette fête ouvrira une franche foire qui durera sept journées. De plus, en conformité du vœu que j'ai fait à madame la Vierge pendant ma captivité, un asile pour l'assistance et la guérison des malades sera construit de nos deniers, en la ville de Comines. Et maintenant allez en paix, vous êtes les fils bien-aimés de mon âme, et je prie Dieu de vous conserver en sa sainte garde !

Pendant que le corps de ville se retirait, le sire de Comines s'alla montrer au populaire qui remplissait la cour du castel, jetant à poignée les pièces d'or et d'argent qu'il puisait dans un sac tenu par son chapelain.

Chemin faisant, maître Lehardy, assailli par les curieux, qui l'accablaient de questions, avait peine à se maintenir en équilibre sur ses pieds, en dépit de sa force d'athlète ; à la fin, perdant patience, il prit le parti de s'asseoir sur une pierre, au milieu de l'esplanade qui séparait les maisons de la ville de la tête du pont, et là il raconta toute l'affaire à ceux qui l'entouraient : la vision qu'il avait eue dans son sommeil, la visite du maçon Loupiau, l'histoire des cuillères de bois, le stratagème qu'il avait imaginé pour tirer la dame de Comines des mains du chevalier aux yeux tors, et le soupçon soudain que l'attaque furieuse de celui-ci avait fait éclater dans son esprit; puis il continua :

— Nous avons trouvé notre bon seigneur enchaîné comme un criminel, par le mitan du corps, au pilier du troisième étage de la Tour-d'Angoisse, se pouvant seulement mouvoir en rond, à la façon des bêtes attachées. J'ai rompu dare dare la chaîne maudite avec la masse que vous voyez-ci passée dans ma ceinture, et pendant que notre gracieuse maîtresse, toute pâmée, le tenait en ses bras, il nous dit qu'il était dans les fers depuis la Saint-Martin de l'autre année. Notre cher sire avait éprouvé de grandes traverses et de longs retards à son retour du pays des Sarrasins ; il en était revenu pauvrement, en pèlerin, joyeux néanmoins de retrouver son bon castel, sa gentille dame et ses fidèles vasseaux. Mais le Tors-Yeux, qui se méfiait, avait aposté des hommes à lui, en prévision de semblable occurrence, et le sire tomba nuitamment dans leurs mains, alors que, sans défiance, il croyait rentrer tout droit dans son logis. Ces malandrins

l'ont subtilement bâillonné et garrotté, et transporté en tapinois au cachot, où ils le retenaient
depuis lors en secret, lui donnant à peine la nourriture qu'il faut pour ne pas mourir, et résolus
d'en finir avec lui dès que leur chef aurait réussi
à séduire ou à violer la dame. C'est en entendant
la truelle et les chants de Loupiau, que notre sire
a eu l'idée d'attirer l'attention en jetant par la
lucarne de sa prison la cuillère qu'on lui appor-
tait dans son pot de bouillie. Vous savez le reste,
mes gens. Allons maintenant dîner, car il fait
grand'faim.

VI

Il y a plus de sept cents ans que ces faits sont accomplis et que le sire Hugues de Comines, sa belle épouse aux cheveux noirs, le hardi forgeron anobli avec sa descendance et le perfide Raymond de Wervick, dit « Tors-Yeux », dorment sous leur pierre tombale du lourd sommeil des trépassés; et le souvenir de ces choses extraordinaires n'est pas encore effacé de la mémoire des hommes.

Du castel de Comines, reconstruit plus riche et plus grand en l'an de grâce 1385, par les soins du baron Jean, l'un des arrière-descendants de Hugues de la Clyte, il ne reste plus au jour d'aujourd'hui qu'un pauvre pan de tour, que les gens de l'endroit appellent *la Brèche*, croulant et ravagé comme le dernier morceau d'une dent creuse; ses destinées humiliantes et misérables sont un exemple de la vanité des gloires d'ici-bas : isolé dans le courtil d'une fabrique, il sert d'appui à un hangar et d'abri à une latrine.

Le bourg lui-même, autrefois surnommé « la ville aux beaux clochers », a subi le contre-coup de cette infortune : il a perdu sa puissance, ses remparts, ses riches monastères et ses monuments gothiques ; et il faut l'œil sagace d'un antiquaire pour reconnaître çà et là quelques traces de ses rues et pertuis du temps jadis,

Mais la fête des cuillères de bois, autrement dit des *Louches*, pieusement instituée par le baron Hugues, existe toujours, encore que les années l'aient bien changée ; et si oncques vous allez là Comines le troisième jour de juillet (*) pour acheter du cordon plat ou simplement pour pêcher une anguille, vous verrez au crépuscule, après le tir à la cible chinoise, la course à brouettes et le concours de bossus, cheminer un chariot tout empanaché de branchages chargés de jouets et d'ustensiles de ménage, qui pendent comme les fruits après les rameaux. Ce char parcourt la ville aux acclamations du populaire et va

(*) Depuis quelques années, la *Fête des Louches* a été déplacée : on l'a jointe à la fête communale de Comines, qui a lieu en août,

s'arrêter juste sous le beffroi. Là, les successeurs des vieux échevins détachent tous ces objets au bruit des pétards et en font largesse à la multitude. Après quoi, l'habitude du pays étant de ne point se coucher tard, la foule se disperse et chacun s'en va avec sa chacune, — hormis ceux qui s'offrent, en raison de la fête, la jubilation de taper à cartes en buvant canette jusqu'au premier coup de dix heures.

GAUDISSART

GAUDISSART

———

I

Jean-Louis Gaudissart n'est ni grand ni petit, ni gras ni maigre, ni beau ni laid, ni blond ni brun, ni vieux ni jeune. En toute chose, il semble se tenir à distance des extrêmes : il est « comme tout le monde », passe inaperçu et ne marque point d'âge déterminé. Ce défaut d'individualité n'est d'ailleurs qu'apparent : il cesse pour faire place à une personnalité caractérisée, dès que l'on pénètre au delà de cet épiderme fruste, soit pour fréquenter l'être moral qu'il recouvre, soit pour élucider les mystères de sa vie privée.

Gaudissart, en effet, a deux aspects différents, selon qu'on l'envisage au grand air ou dans la pénombre domestique. Mais il faut d'abord que je vous présente dans les règles ce type particulier au laborieux pays de Flandre, en vous détaillant comme il faut ses tenants et aboutissants, son histoire et sa position sociale.

Prenez la peine d'ouvrir l'*Annuaire du commerce de l'arrondissement de Lille,* à la page 179 ; vous y trouverez, au numéro 317 de la rue de Paris, la raison sociale suivante :

« *Gaudissart, Bigarot, Chauffard, Van Dorghen et C*ie — ancienne maison *Bouzinghien frères* — Toiles, Sarraux, Coutils et Calicots en tous genres. »

Le n° 317 est une de ces bonnes vieilles demeures du temps passé, bâtie à chaux et à sable, dont le squelette de granit et de chêne est fait pour braver le temps, comme les patriarches qui lisaient leur journal sans lunettes, à l'âge de neuf cent cinquante-trois ans. D'aspect maussade à l'extérieur, avec ses fenêtres grillées et sa façade de pierres noircies ; gaie et claire à l'intérieur, à cause de sa vaste cour et du jardin qui l'éclaire par derrière, elle est haute comme une tour et spacieuse comme une caserne.

Il y a des chariots et des fourgons devant la grand'porte, il y a de la paille sur le trottoir, il y a des colis de toute taille dans le corridor, au milieu duquel un emballeur frappe à tours de bras un ballot que son aide est en train de corder.

En entrant, on sent une bonne odeur de toile fraîche qui monte de la cave ouverte et qui sort des magasins, où l'on voit alignées en enfilades des piles carrées de toiles bleues, de toiles écrues, de toiles crémées.

Derrière un vitrage, dans la cour, on aperçoit un magasinier en blouse, la plume derrière l'oreille, vérifiant sur un registre la dernière rentrée, dont une voix de fausset lui crie les numéros des profondeurs du souterrain; puis, plus loin, à travers les fenêtres d'un ancien salon, sur les vitres desquelles on a peint en rouge les mots : *Bureaux et Caisse,* une demi-douzaine d'employés, le nez collé sur leur pupitre.

Au fond de la cour, dont les pavés disparaissent sous un tapis de paille, sous un encombrement de marchandises à expédier, de tables de mesurage, de charrettes à bras, de bascules et d'outils de toute sorte, s'élève un bâtiment d'allures calmes et respectables : c'est l'habitation, sanctuaire dont le caissier, personnage considérable et majestueux, a seul le privilège de franchir le seuil —— dans les cas pressants.

Naturellement, ce tabernacle n'est pas commun aux quatre associés : deux d'entre eux y ont installé leur foyer, Chauffard et Van Dorghen. Gaudissart et Bigarot logent en ville, quelque part ou ailleurs—on n'a jamais bien pu savoir. Gaudissart surtout est mystérieux comme un brahme sur l'article de la vie privée.

Comme ses trois associés, il était jadis simple commis dans la maison Bouzinghien frères, réputée sur toute place de France, de Belgique, d'Espagne, d'Italie, et même d'Afrique et d'Amérique, pour sa rondeur en affaires, ses livraisons supérieures et sa parfaite probité. Ses ancêtres y avaient été emballeurs de père en fils, son père avait trépassé par accident dans l'exercice de ses fonctions, et ses patrons avaient quasi adopté l'enfant qui, entré au bureau dès sa treizième année, avait successivement franchi tous les degrés qui séparent, sur l'échelle sociale, la position d'un saute-ruisseau de celle d'un chef de maison.

C'est assez dire qu'il savait son métier sur le bout du doigt et qu'il n'avait pas besoin d'un compte-fils pour apprécier du premier coup d'œil les mérites et la composition d'une étoffe quelconque tissée par des mains humaines.

Comme voyageur, il n'avait pas son pareil. A vrai dire, le voyage était son élément : il se transfigurait dès qu'il mettait le pied en wagon. Son flegme semblait s'évaporer au vent de l'express, et le taciturne personnage qui, à domicile, ne prononçait pas quatre mots en un jour, se métamorphosait aussitôt en un hâbleur effronté, parlant de tout, connaissant tout, le verbe haut, le nez au ciel, le chapeau sur l'oreille, gaillard, joyeux, intarissable sur la gaudriole, crâne buveur, belle fourchette, amoureux des onze mille vierges.

Un jour était venu où les Bouzinghien, riches à millions, s'étaient retirés comme des Bouzinghien devaient le faire : en abandonnant tout bonnement leur maison de commerce à leurs quatre principaux employés. Et voilà comment il se fait que ce respectable établissement s'appelle aujourd'hui : Gaudissart, Bigarot, Chauffard, Van Dorghen et Cᵉ.

II

Dès que Gaudissart, du fond de son wagon, entend résonner l'avertissement réglementaire : « Lille ! Tout le monde descend ! » il revêt incontinent la livrée du spleen. Le papillon redevient chenille. Adieu chansons, bravoure et blagues !... Et, en vérité, cette transfiguration à rebours n'est point sans motifs ni sans excuses, car la vie de Gaudissart est un enfer. Est-ce pour cette raison qu'il en garde si étroitement le secret que pas un de ses trois amis ne connaît son adresse exacte ? Peut-être.

On n'a pas été pendant un quart de siècle un employé modèle, sans être en même temps un brave homme, — et Gaudissart est un homme excellent. Depuis bien des années déjà, il avait recueilli chez lui son oncle et sa tante tombés dans la débine, un peu par maladie, beaucoup par défaut d'ordre.

Le Seigneur, qui prend plaisir à récompenser les belles actions, avait sans doute changé ses habitudes pour celle-là, histoire de ne pas toujours faire la même chose ; car à partir de ce moment le petit logis de Gaudissart avait étonnemment ressemblé à ces sacs à supplice dans lesquels les Romains enfermaient, dit-on, un homme, un chat et une vipère.

Au lieu de petits soins et d'actions de grâces, le pauvre garçon ne recevait que des récriminations, des plaintes, des demandes d'argent, et des injures ; les deux vieux se querellaient entre eux quand leur neveu n'était pas là, mais ils s'unissaient pour l'accabler et l'assourdir dès qu'il rentrait. Aussi rentrait-il le moins possible.

A une heure il expédiait son méchant dîner en deux coups de dents, se bouchant les oreilles pour ne point ouïr les vilenies dont on l'abreuvait, les yeux sur son assiette pour ne pas voir les deux visages grimaçants qui le menaçaient ; et le soir, sept heures sonnant, il s'en allait partager l'humble souper et faire le domino de son ami Paturon, mécanicien invalide qu'une explosion malencontreuse avait du même coup ruiné et estropié, et qui vivait, ainsi que sa femme, d'une petite pension que lui faisait le bon Gaudissart.

Ce que Gaudissart faisait de une heure et demie à sept heures, je le dirai en temps et lieu. Auparavant, je dois constater que son oncle Grinchu était mort en lui donnant sa malédiction, ce qui n'avait pas empêché l'excellent célibataire de lui payer un enterrement flatteur ; mais que par malheur la tante ne se montrait pas disposée à aller retrouver de si tôt son ex-conjoint, et semblait vouloir compenser par un redoublement de fureurs le déficit de mauvaise humeur causé par le trépas de son époux.

III

Les vieux habitués de l'honorable taverne de l'*Ecu d'Artois* connaissent et respectent la dernière table à gauche, qui se trouve juste sous l'œil-de-bœuf de la salle commune. Nul danger qu'aucun d'eux y égare sa canette ou y dépose sa pipe. Pourquoi? Parce que c'est « la table des quatre Bouzinghien », ou autrement dit des quatre successeurs des Bouzinghien, — car les vrais Bouzinghien avaient horreur du tabac et n'avaient jamais mis le pied dans un cabaret.

Depuis plus de vingt ans, au coup de trois heures, les pseudo-Bouzinghien n'ont pas manqué un seul jour leur entrée à l'*Ecu d'Artois*: à quatre, quand Gaudissart était à Lille, à trois, quand Gaudissart était en voyage. La maison Bouzinghien

rend la liberté aux quatre « principaux » après le
courrier de trois heures : c'est une tradition sécu-
laire, qui date des anciennes postes, mais à laquelle
il n'a jamais été dérogé. C'est au point, qu'aux cas
fort rares de désaccord entre le timbre de l'horloge et le grincement de la porte, il n'est jamais
venu à l'esprit du tavernier d'attribuer cette dis-
cordance à d'autre qu'à son chronomètre : « Bon !
dit-il, voilà coucou qui avance : c'est bien la peine
d'avoir un abonnement à l'horloger ! »

Les Bouzinghien trouvaient sur leur table toutes
choses préparées : quatre belles canettes brillantes
sur le ventre desquelles frétillaient de petites den-
telles de mousse blanche, quatre verres sans pied,
clairs et appétissants, quatre pipes de Hollande
honorablement culottées, une *vaclette* de cuivre
jaune reluisant comme de l'or poli et débordant
de cendres grises qui voilaient à demi l'incandes-
cence intérieure, et enfin un tapis carré avec un
jeu de cartes dans une corbeille à jetons.

— Bonjour, M. Gaudissart ; bonjour, M. Bigarot ; bonjour, M. Chauffard ; bonjour, M. Van
Dorghen, disait le tavernier.

Le premier entré répondait, au nom de l'asso-
ciation : « Salut, la compagnie ! » et les quatre
bonshommes défilaient vers leur table, s'y as-
seyaient sans mot dire, chacun à la place de la
veille, remplissaient leur verre, bourraient leur

pipe, l'allumaient tour à tour, battaient les cartes, commençaient leur piquet, et jusqu'à sept heures précises, n'ouvraient la bouche que pour annoncer d'une voix monotone : « Trente huit au point... Tierce au schnick... Trois caporaux... Quatre picotins... Cinq superfines, quinte au président, quatorze d'épouses, quatre-vingt-quatorze, passez à la caisse ! »

Voilà ce que Gaudissart faisait et disait de trois à sept heures, chaque jour du bon Dieu.

IV

Un jour cependant, entre deux manches, pendant qu'il suçait le bout de sa pipe dont la tête plongeait dans la poudre ardente du brasero, Gaudissart avait tout à coup ouvert la bouche, évènement phénoménal qui avait rendu chacun attentif, et il avait dit :

— Mon oncle Grinchu est mort. Rendez-vous contour Saint-Maurice, 17, après-demain, à neuf heures.

De ce jour-là seulement on connut sa demeure.

Un an plus tard, le même phénomène se renouvela :

— Paturon est mort. Après-demain à neuf heures.

De même, deux ou trois ans après :

— La tante Grinchu est morte. Après demain,
à neuf heures.

Après cette troisième aventure, nos gens étaient
à leur table à l'heure ordinaire, pensant peut-être
en eux-mêmes : « Allons! en voilà pour longtemps!
Maintenant, nous allons être tranquilles! » lorsque Gaudissart s'arrêta de nouveau au milieu de
ses préliminaires de fumerie :

— Demain, à onze heures, à la mairie, en cravate blanche !

Comme de coutume, les autres répondirent à la
muette par un signe de tête; mais il était visible
qu'une émotion extraordinaire les travaillait :
Bigarot alluma sa pipe dans son verre, Van Dorghen fit fausse-donne, chose inouïe, et Chauffard
versa sa bière dans la vaclette. Pensez donc!
Gaudissart marié, sûrement avec une jeune pim-
bêche, lui, bon comme le pain, faible comme un
enfant, il se laissera mener par le nez... C'est la
rupture des traditions de vingt ans, c'est la dé-
sorganisation du petit cercle, c'est la dispersion
des mousquetaires. Ah! malheur!

Mais le lendemain comme devant, trois heures
battant, le tavernier ahuri vit entrer ses quatre
clients à la queue-leu-leu en cravate blanche et
en habit noir; il en oublia son quadruple bonjour,
omission qui n'empêcha pas Gaudissart de ré-

pondre par habitude : « Salut, la compagnie. »
Et la terre se remit à tourner comme si de rien
n'était, les canettes à mousser, les pipes à fumer,
les cartes à pirouetter, si bien qu'aujourd'hui encore, si vous voulez voir quatre hommes heureux,
fidèles amis, pas bavards, fins joueurs de piquet
et gentils buveurs de bière, vous n'avez qu'à entrer
à l'*Écu d'Artois*, entre trois et sept heures, et
à jeter un coup d'œil sur la dernière table à
gauche.

Que si vous êtes assez du bâtiment pour interroger l'honnête tavernier, bouche contre oreille,
au sujet du mariage de Gaudissart, et de son
étrange lune de miel, il vous répondra, comme il
m'a répondu, la larme à l'œil :

— Ça, monsieur, c'est la crème des hommes :
Il a épousé la vieille Paturon pour lui faire un
sort, et il n'a jamais fait tort d'un verre de bière à
l'*Écu d'Artois*.

. .   .   .

D'enfer le logis de Gaudissart serait devenu un
paradis, s'il n'était pas contre toutes les traditions de représenter les anges sous les traits d'une
vieille femme. C'est là, d'ailleurs, l'unique diffé-
rence...

Et j'y songe, c'est peut-être la récompense ré-
servée par l'Éternel, au neveu compatissant et
martyr? Eh bien ! elle est venue trop tard. Heu-

reux au fond, Gaudissart reste néanmoins comme
figé dans son humeur taciturne, si bien que sa
vieille bourgeoise commence à concevoir de sé-
rieuses appréhensions pour le jour — encore très
éloigné d'ailleurs — où il devra renoncer totalement à fréquenter les locomotives.

DEUX SONGES

DEUX SONGES

I

LA FIN DU MONDE

Dans les derniers temps, le monde savant tout entier avait été en proie à une effervescence extraordinaire. Depuis l'hiver, qui avait été plus rude que de coutume, les astronomes des grands observatoires des deux mondes avaient remarqué des phénomènes singuliers dans la constitution solaire : les taches ou cratères qui apparaissent d'ordinaire en petit nombre sur le disque lumineux, semblaient se multiplier à l'infini, et le pointillé fulgurant qui forme, à nos yeux, en temps normal, quelque chose comme le sol même de l'astre, paraissait avoir pâli et changé de couleur.

Le premier astronome qui s'aperçut de cette

altération se crut le jouet d'une illusion d'optique
et, inquiet sur sa propre santé, il s'en alla trouver
sans rien dire deux spécialistes de grand renom,
l'un traitant le diabète, l'autre les maladies des
yeux. Tous deux tirèrent immédiatement son
diagnostic, lui indiquèrent le nom baroque mais
scientifique des deux maladies épouvantables et
tout à fait différentes, et lui ordonnèrent des
médicaments fort chers sous la combinaison desquels il aurait infailliblement succombé, si un
autre astronome, plus friand de réclame, n'avait
publié dans un jonrnal de Philadelphie, sous le
titre émouvant *« La maladie du Soleil »*, un article
à sensation racontant tout au long des observa-
tions identiques aux siennes. Il jeta alors au feu
les ordonnances des deux spécialistes, ce qui lui
procura un grand soulagement, et reprit son
télescope.

Dès ce moment l'élan était donné ; les détails
abondèrent, car de tous les points du globe les
mêmes remarques avaient été faites. Les polé-
miques commencèrent lorsqu'on se mit à chercher
des explications et à bâtir des théories sur ces
phénomènes étranges. La discussion s'échauffa,
naturellement ; on s'envoya de gros mots de Paris
à Londres, de Petropaulosk à San-Francisco, de
Rome à Berlin, de Vienne à Madrid, de Stock-
holm à Melbourne ; on se traita généralement

d'âne bâté et de pingouin borgne. Uranie, la paisible et grave muse des hommes de science, se voila la face et se boucha les oreilles pour ne point entendre les incongruités et les cartels qui se croisaient dans l'espace.

Mais il survint un nouvel incident qui arracha tout à coup les savants échauffés aux douceurs de cette mêlée. Une dépêche télégraphique émanant de l'observatoire particulier du *New-York Herald* annonça à l'univers civilisé que les dernières photographies solaires révélaient une décroissance inquiétante dans l'auréole de flammes appelée dans l'idiome des bureaux astronomiques « la couronne du Soleil. » La nouvelle était d'importance ; aussi, la passion du métier aidant, chacun abandonna la dispute pour se précipiter aux lunettes, et peut-être alors le calme aurait régné sur la terre si les parlements, les journaux, les ambitieux, les fanatiques et les coquins ne suffisaient amplement à remplir ce bas-monde de trouble et de fracas.

Cependant, on travaillait à force dans les observatoires, et les bulletins succédaient aux bulletins, tous graves et bizarres :

« *Londres.* — La couronne du soleil continue à décroître. »

« *Moscou.* — On ne remarque plus aucune éruption sur le contour solaire. »

« *Rome*. — Depuis huit jours on n'a plus noté aucune protubérance de feu : ni cornes, ni panaches, ni jets, ni tiges, ni filaments, ni nuages, ni diffusions, ni piques, ni gerbes, ni cyclones. La couronne est étroite et uniforme. »

« *Paris*. — Le dernier jet de flammes d'hydrogène date de quinze jours. Depuis lors, l'astre semble épuisé. »

« *Philadelphie*. — La couronne s'est encore rétrécie, elle ne forme plus qu'un mince anneau brillant. »

« *Calcutta*. — L'atmosphère lumineuse du soleil a totalement disparu. L'astre, dans son ensemble, ne présente plus que l'aspect d'un boulet rouge marbré de taches obscures. »

Le même jour où cette dernière dépêche arriva à Paris, l'attention publique, jusque-là distraite par les agitations des affaires privées et publiques, fut captivée par un phénomène trop nouveau et trop menaçant pour ne pas l'arracher de force à ses préoccupations routinières : bien que le ciel fût pur, puisque l'on voyait les constellations du firmament briller avec un éclat extraordinaire, une sorte de buée, qui semblait s'exhaler du sol sans réussir à s'élever, enveloppa la Terre d'un vague crépuscule pendant toute la journée, et l'on fut obligé, au Palais-Bourbon, de tenir le gaz constamment allumé pour permettre aux députés de continuer l'importante discussion du projet de Revision Constitutionnelle portant abolition de la Présidence, des deux Chambres, de la magistrature, de l'armée, des cultes, des administrations publiques, des pompiers, de la police, de la gendarmerie et des maisons d'aliénés.

Le lendemain, qui était précisément le 14 juillet 1989, aucune aurore ne montra ses joues de roses : le soleil ne se leva point, LE SOLEIL ÉTAIT MORT.

A l'heure ordinaire du réveil, il y eut des étonnements sans fin, des incrédulités de cauchemar suivies d'une effrayante certitude. Quoi ! six heures? Neuf heures? Dix heures? Et la nuit toujours! Ce n'était pas possible; les horloges battaient la campagne! Allons donc! Est-ce qu'on avait jamais vu pareille farce! Beaucoup se remettaient au lit, s'efforçant de rire et de se rendormir ; mais une secrète horreur leur tenaillait l'esprit, et le sommeil ne venait point.

Cependant de grands bruits montaient des rues, où des multitudes affolées couraient et s'agitaient au milieu des ténèbres. Car le personnel des entreprises d'éclairage public avait fonctionné avec sa ponctualité ordinaire et éteint les réverbères à l'heure réglementaire. Il y eut quelques heures de confusion et d'angoisses inénarrables ; puis, les administrations ayant réussi à réunir leurs em-

ployés et les machines ayant été relancées en mouvement, le gaz et l'électricité se remirent à étin-
celer partout, et la confiance ressuscita — dans
les villes, du moins, — en même temps que cette
lumière artificielle.

Avec cette mobilité d'impression et cette viva-
cité de réaction qui sont au fond de la nature
humaine, on rit plus fort que jamais de cette
cocasse aventure, on se rappela les préparatifs
de la fête, on s'exalta, on devança l'heure des
illuminations, et l'on se hâta de jouer au soleil
absent ce bon tour de se passer de lui : on organisa des cortèges aux flambeaux en plein midi,
et les feux d'artifices réservés pour la nuit furent
immédiatement allumés au milieu d'un enthousiasme tumultueux et bruyant. Le gouvernement
crut devoir profiter de ce retour pour lancer une
proclamation exhortant à la confiance et invitant
les citoyens « à attendre avec tranquillité la fin
de cette remarquable éclipse qui serait certainement l'un des phénomènes les plus extraordinaires dont le XXᵉ siècle, déjà si fécond en merveilles, ait été le témoin. »

Ce message rassurant — car chacun sait qu'en
France le gouvernement ne se trompe jamais —
exalta jusqu'au délire l'enthousiasme populaire ;
les cris de joie, les chants patriotiques éclatèrent
avec un entrain forcené qui contrebalança pendant
quelque temps les rigueurs de la température.

Mais les heures se passèrent et l'éclipse ne cessa pas. Les réserves des artificiers s'épuisèrent, les illuminations s'éteignirent une à une, le froid devint insupportable, et les profusions de la journée ayant tari les provisions particulières, les maisons déversèrent de nouveau dans les rues des foules apeurées et irritées. Des épiciers mal inspirés voulurent profiter de la circonstance pour faire la hausse sur les suifs et les stéarines : leurs magasins furent pris d'assaut et saccagés. Les entrepôts d'huiles et de pétroles eurent le même sort, et dans la bagarre, des mains maladroites ou criminelles allumèrent un incendie qui prit en peu de minutes des proportions colossales. Ce fut le signal de l'intervention de l'autorité : les troupes accoururent l'arme au bras, escortant les pompiers. On s'aperçut alors que l'eau manquait : en quelques heures, rivières, sources et réseau hydraulique avaient gelé jusqu'au fond. Et pendant que l'incendie féroce enveloppait de ses longs bras de pieuvre des quartiers tout entiers, la folie de la désespérance commença à s'emparer des esprits.

On vit alors des multitudes en délire se précipiter, torches en mains, vers les palais du gouvernement, en assaillir, en renverser les portes en criant : « Ils ont menti ! » arracher avec fureur les proclamations, et briser tout avec un acharne-

ment sans motif et sans but. La troupe appelée
en hâte accourut, et la bataille s'engagea, terrible,
épouvantable, au milieu des ombres d'une nuit
sans lune, épaisse et glaciale.

La surface de la Terre devint dès lors un lieu
sans nom, où les ténèbres du chaos abritèrent des
excès inimaginables. La mort, amenée par le froid,
la faim, la peur, avait déjà largement fauché, et
il n'était guère de demeure qui ne comptât quelque cadavre roidi au nombre de ses habitants ;
peut-être, cependant, avec les puissants moyens
dont dispose la science, aurait-on réussi à force
d'industrie, de patience et de calme, à organiser
de nouvelles conditions d'existence et à prolonger
la vie de l'humanité ; mais la démence furieuse
qui avait tout à coup emporté les hommes dans
un tourbillon vertigineux, ruina tout et empêcha
tout. Dans la nuit polaire qui venait de s'étendre
à toute la surface du globe, les habitudes civi-
lisées s'évanouirent brusquement comme la lumière s'était évanouie elle-même, l'homme redevint la bête sans raison et gloutonne de jouissances
qui devaient être éphémères : une moitié des
survivants se rua sur l'autre, brisant, pillant,
violant, massacrant, à tort et à travers, sacca-
geant pour se réchauffer, tuant pour manger la
chair saignante et chaude. Peu à peu, ces horreurs inouïes diminuèrent elles-mêmes faute

d'objet, les massacreurs à court de victimes ayant fini par s'entr'égòrger ; et un silence absolu régna dans l'obscurité sinistre qui enveloppait l'univers.

Puis de grandes tempêtes, de ces cataclysmes comme en ont vu les premiers âges de notre planète, éclatèrent de toute part ; les croûtes glacées qui emprisonnaient les fleuves et les mers se rompirent au milieu des ouragans, les eaux se répandirent avec violence, et, bientôt congelées elles-mêmes, enfermèrent dans le même froid linceul les plus laides et les plus belles choses, les merveilles de l'art et les dépouilles sanglantes de l'humanité, et incrustèrent dans une monstrueuse et éternelle gangue de glace notre monde naguère verdoyant.

Tout était fini : La Terre morte roulait, lourde, terne et silencieuse, à travers les ténèbres de l'infini.

.   .   .   .

.   .   .   .

Tout à coup brilla une vive lumière.

— Mon Dieu ! c'est le Jugement dernier ! m'écriai-je avec terreur en me rappelant mes iniquités. Voilà les anges qui arrivent !

— Non, monsieur, c'est l'andouille ! y a pas de bon sens, à votre âge, de manger de la charcuterie pour souper ! Buvez ça, ça vous remettra...

Les anges, c'était ma vieille Catherine, et les foudres célestes se fondaient en une bonne tasse de thé de la caravane.

Allons, tant mieux ! La Terre vit encore — et petit bonhomme aussi !

II

UNE NUIT DE RÉVEILLON

Huit heures venaient de sonner au clocher de Bougival-sur-la-Lys, — huit tintements grêles aussitôt étouffés et emportés par les rafales. Dehors, tout était ténèbres, malgré l'épaisse couche de neige qui couvrait la campagne. Aucun astre n'illuminait la nuit ; les flocons tombaient sans relâche, épais et drus, fouettés par l'ouragan, qui les éparpillait partout. Nul autre bruit que le mugissement continu et monotone de la tempête.

Dans la salle commune de ma chaumière, vaguement éclairée par une torche de cire fichée dans un anneau du mur, à la mode ancienne, la grande table de sapin avait été écurée avec soin et recouverte d'une nappe blanche, et divers préparatifs festinatoires trahissaient une fête prochaine. On était à la veille de Noël, et j'attendais, en effet, au coup de neuf heures, un joli demi-quarteron de solides compères de bonne humeur et de bel appétit, pour exécuter ce qu'on peut appeler un Réveillon soigné.

Pour le moment, je me roussinais sous l'âtre, dans mon vieux fauteuil, ma pipe éteinte à la main, bercé par la morne symphonie de l'ouragan, songeant au temps jadis, aux Noëls d'autrefois, à cette longue série de Réveillons tour à tour joyeux, émus ou dramatiques, que j'ai laissés bien loin déjà derrière moi. Tous ces souvenirs se succédaient dans mon imagination, comme des jeux de scène au théâtre, pour s'évanouir ensuite dans une sorte de brouillard qui m'environnait. Je ne sais comment, pourquoi, ni par quel mirage mental j'en vins à me figurer que tous ces épisodes, en réalité séparés les uns des autres par des années, se passaient simultanément au moment même dans un de ces énormes immeubles des boulevards parisiens qui abritent dans leur cube immense une vingtaine de familles et autant de commerces. Puis je me rendis compte de mon erreur et j'en eus regret, et je me rappelle que je murmurai à demi-voix.

— Paris!... que j'en suis donc loin!... Ce serait diantrement curieux de voir à travers les toits et planchers ce qui se passe, cette nuit, dans les appartements d'une maison *chic* du boulevard... Si le Diable-boiteux voulait me payer ce prodige, je lui offrirais volontiers...

— Quoi? répondit une voix flûtée, presque à mon oreille.

Je me retournai en tressaillant, et j'aperçus à mon côté un étrange personnage. C'était un nabot bizarrement affublé d'un costume du temps des Valois, avec haut-de-chausses, pourpoint, petit manteau et toque à aigrette, le tout en étoffe luisante couleur de feu ; deux jambes de bouc, poilues et inégales, soutenaient son corps chétif, qui s'appuyait en outre sur une béquille passée sous son bras gauche. Son visage vieillot et sarcastique n'était pas déplaisant, malgré son long nez crochu et sa bouche démesurée : au contraire, ses yeux malicieux, fixés sur les miens, me parurent exprimer une certaine bienveillance narquoise.

— Le seigneur Asmodée, je suppose? lui dis-je en me levant et en lui offrant poliment un siège.

— En personne, mon vieux. Ne m'as-tu point appelé ?

— En effet, oui, hum !... j'ai prononcé involontairement le titre de Votre Altesse infernale... mais je n'aurais jamais osé espérer que...

— Passons, passons. Je ne tiens pas aux galimatias de l'étiquette. Que désires-tu de moi et que m'offres-tu ?

— Dame, je puis vous offrir un joli verre de vin, si le cœur vous en dit, et une tranche de pâté dont vous vous lécherez les moustaches... Quant à ce que je désire, vous le savez, puisque vous écoutiez; mais n'en parlons plus, ce serait abuser de votre complaisance.

— Ma foi, mon vieux, tu me plais; tu me fais l'effet d'un bon drille, et j'aime tes façons. Par les cornes de Belzébuth, mon respectable patron, je veux te satisfaire ! Çà, voyons d'abord la fameuse tranche de pâté et le joli verre de vin... Mais festoyons de compagnie, je déteste manger seul.

Sans plus de cérémonie, nous prîmes place à la table préparée pour mes invités, et nous attaquâmes les comestibles. Le gaillard avait la fourchette subtile et le verre éloquent et nous fîmes en devisant une collation aussi substantielle qu'agréable.

— Partons-nous? dit-il en s'essuyant proprement les badigoinces, quand il fut rassasié.

— Quoi, monseigneur, c'est donc sérieux et vous daigneriez...

— Aussi sérieux que ton repas, mon ami; je suis maintenant ton obligé et j'ai coutume de payer mes dettes; me prends-tu pour un diable de pacotille? Prends le coin de mon manteau et tiens-le bien, car je vais vite; dans cinq minutes nous serons à Paris.

Très amusé et intrigué par les fanfaronnades de ce petit monstre jovial, un peu ému aussi, je l'avoue, je saisis de mes deux mains le bord de son vêtement.

— Quand vous voudrez, seigneur Asmodée, lui dis-je.

Au même instant le nain frappa le sol de sa béquille, et je me sentis enlevé, entraîné avec une vitesse prodigieuse, tourbillonnant à travers l'espace, au milieu des ténèbres, aveuglé, suffoqué par le vent, le froid et la neige, comme si j'eusse été aspiré par un cyclone.

— Repose-toi une minute sur la coupole du Panthéon, mon bonhomme; je suppose que tu n'es pas habitué à ce genre de locomotion.

La voix de mon compagnon me tira de mon ahurissement. J'ouvris les yeux et je regardai : nous étions bien à Paris, en effet, accrochés à la croix de fer qui surmonte l'ex-église Sainte-Geneviève. L'immense ville, resplendissante de lumières, s'étendait à perte de vue autour de nous.

Quand j'eus repris haleine, mon guide ajouta, sans attendre mon avis :

— En route, honnête amphitryon ! Nous allons passer au-dessus des beaux quartiers, choisis toi-même la maison que tu veux explorer ; quand tu crieras « halte ! » nous nous arrêterons.

Dans cette seconde ascension, nous glissâmes lentement sous un ciel clair et plein d'étoiles. Le temps était superbe, à Paris, et mon diable déployait une complaisance véritablement angé-lique.

J'arrêtai mes préférences sur une vaste bâtisse éclairée presque à chaque fenêtre et dont le rez-de-chaussée et l'entresol étaient occupés par un restaurant somptueux.

— Halte ! dis-je.

Et nous nous posâmes aussitôt sur la toiture, entre deux cheminées, avec la délicatesse d'un duvet que la brise dépose sur une fleur.

— Il fait un froid de chien, remarqua Asmo-dée ; je ne vois vraiment pas pourquoi nous reste-rions à grelotter sur ce canapé à ramoneurs. En-trons, au lieu d'escamoter les planchers, j'esca-moterai les murs : tu n'en examineras que de plus près ce qui t'intéresse.

— Je ne demande pas mieux.

— Tout ceci n'est que greniers, dit le Diable-boiteux en pénétrant avec moi à travers une lu-carne dont le volet sembla s'évaporer devant nous.

Si tu n'es pas curieux d'assister au réveillon des chats, descendons de suite au cinquième.

Escalier en échelle de meunier, puis vestibule carré, assez pauvre, bloqué par les portes de quatre appartements. Asmodée touche du bout de sa béquille les murailles, qui deviennent transparentes comme le plus pur cristal. Sur ces quatre appartements, trois sont occupés par des ménages d'artisans. Dans l'un, toute la famille est réunie autour d'une table, près d'un poêle de cuisine qui ronfle joyeusement. Huit convives : le mari, débarrassé de son vêtement d'atelier, en manches de chemise ; la ménagère, appétissante commère, un baby au sein, un autre accoudé sur ses genoux ; un gentil garçonnet d'une douzaine d'années ; un vieillard, le grand-père, sans doute, et un second couple, des collatéraux ou des amis, ceux-ci. On cause de bonne amitié, on rit, on mange et on trinque. L'oie traditionnelle serait un mets trop dispendieux pour ces humbles ; ils y ont sagement substitué des andouilles assaisonnées de belle humeur, et la bombance n'y perd rien.

L'appartement voisin est moins riant. Pas de festin, pas de rire joyeux ; aucun rayon de bonheur.

Je n'y aperçois qu'une femme au visage pâle, émacié, mélancolique, assise auprès d'un berceau misérable. De temps en temps, elle se lève sans bruit, entrebâille la porte et tend l'oreille vers l'escalier. L'homme n'arrive point, il s'oublie à l'assommoir avec les camarades ; comme d'habitude, le plus clair de la paie y passera. L'aisance et la concorde ne sont pas près de rentrer en ton froid logis, pauvre femme !

Troisième porte. Personne, ni feu, ni lumière. Toute la maisonnée fait Noël ailleurs ou bien s'est payé, vu la fête, le luxe d'une représentation aux petites places de l'Ambigu.

Quatrième porte. Un essaim de jolies filles qui caquettent comme une bande de moineaux, en croquant des pommes de terre frites : c'est Jenny l'ouvrière qui traite ses amies.

— Si vous en avez assez, passons au quatrième, murmure mon guide.

Carré mieux tenu et d'une ornementation moins rudimentaire. Sparterie au plancher, portes en simili-bois, murailles en simili-marbre. Asmodée opère et le rideau se lève.

Numéro un. Intérieur de bourgeois modestes.

Les enfants, avant de se coucher, ont soigneusement déposé leurs chaussures dans la cheminée
de leur chambrette, à l'intention du petit Jésus.
Madame, qui a la migraine, est déjà couchée.
Monsieur célèbre la solennité du jour en faisant
un whist enragé avec deux amis qui ont dîné chez
lui. Comme on est entre hommes, on ne se gêne
point et l'on grille carrément la bouffarde de l'in-
timité. D'heure en heure, la cuisinière apporte
silencieusement du vin chaud, puis retourne dans
sa cuisine, où l'attend un aimable cuirassier, son
pays, entré subrepticement par l'escalier de service et attablé devant un bol plein et plusieurs
bouteilles vides.

Numéro deux. Appartement de cocotte. Mademoiselle de Sainte-Hermine — « Léonie Callipyge »
pour les messieurs — minaude en toilette pré-
tentieuse au milieu d'un groupe de vestons élé-
gants et d'habits noirs corrects. Salon clinquant.
Guéridon encombré de bonbons et de bouquets.
Une soubrette de mine friponne ouvre les portes
de la salle à manger en annonçant que « Madame est servie ». On va seulement commencer à
s'amuser.

Numéro trois. Sur la porte, une plaque de
cuivre : *Chicaneau, homme d'affaires.* Tout le
monde dort, excepté un gratte-papier famélique
dont la plume grince sans relâche sur un gros

registre qu'il met à jour. Grosse besogne et maigre salaire. Lampe à pétrole et pas de feu.

Numéro quatre. Logement militaire. Le capitaine Pafroy-Ozieux et trois de ses collègues, en roulant d'innombrables cigarettes au coin du feu, se poussent mutuellement des *colles* en vue du prochain examen pour l'Intendance. Entretien sérieux. Le nommé Réveillon est inconnu au bataillon.

— Si tu trouves que c'est drôle, tout ça ! insinue Asmodée. Filons, mon vieux !

— J'ai idée que ça s'embellira en descendant.

Cossu, le troisième. Tapis épais ; candélabre à la tête d'escalier. Trois portes seulement : les appartements grandissent, et les loyers aussi.

Première porte. Un prince de la science, le docteur Forceps. Société grave, grave, grave. Crânes chauves, visages glabres, boutonnières chamarrées. Intérieur opulent, mais sévère. Dames en robes montantes. Souper cérémonieux et froid. Oie truffée et vins assortis.

Seconde porte. Logis confortable et calme. Mme la marquise douairière de Bourg-en-Gohelle-sur-Ternoise-l'Escaillon est une personne pieuse

qui vit à l'écart des agitations du monde. Elle a
assisté à la messe de minuit et prend son thé, pendant que sa femme de chambre bassine son lit.

Troisième porte. Un délicieux appartement tout
fraîchement meublé et décoré. Un vrai nid d'amoureux. Mystère, silence et obscurité. Non cependant : dans une chambre, une adorable chambre
à coucher capitonnée de soie et de dentelle, à
la lueur discrète d'une lampe d'albâtre, j'aperçois
un couple enlacé, et j'entends un murmure doux
comme une prière : « Je t'aime, je t'aime, je
t'aime... » La chanson des nouveaux époux, si
vieille et toujours suave. Ne profanons pas cet
aimable tabernacle ; descendons, seigneur Asmodée.

Superbe, le second étage. Si ce n'est pas le
Pactole, c'est certainement un de ses affluents.
Moquette haute laine, statues-torchères, colonnes
de vrai marbre, portes et rampe de véritable
acajou.

Il y a bal dans l'appartement du milieu. Avant
même que mon illustre nabot ait dissipé les
murailles, j'entends les flonflons d'un quintette
à cordes convenablement rétribué. Les salons,

opulents et vastes, contiendraient aisément cent cinquante personnes ; mais ils sont plus de trois cents, là-dedans, on s'y écrase et l'on y étouffe ; les lambris, les glaces, les épaules des danseuses, les fronts des danseurs, et même les joues des placides whisteurs qui papotent la dame de pique dans une salle à part, tout cela ruisselle. Dans la cuisine, les serveurs polkent avec les servantes dans l'intervalle des tournées.

Par contre, on ne s'amuse pas pour un sou dans l'appartement de gauche. Ici, la Nativité a mal tourné et les aigres reproches remplacent les compliments. Monsieur, adossé au manteau de la cheminée, se drape dans une dignité dédaigneuse, tandis que madame se trémousse sur son fauteuil, la tête hérissée de bigoudis et de papillotes, et prononce un réquisitoire venimeux, souligné de gestes violents.

Dans l'appartement de droite, c'est un bonheur domestique paisible et sans mélange. Enfants, parents et grands-parents, réunis pour fêter la solennité en famille, s'apprêtent à se quitter, après une agréable soirée qui a rassemblé les trois générations. La table est encore encombrée des reliefs d'un bon souper ; au milieu, les bougies d'un arbre de Noël achèvent de se consumer. On revêt les manteaux, on s'entortille réciproquement avec sollicitude pour éviter les rhumes qui

courent la rue. «Adieu, grand-père!» «Bonne
nuit, maman!» «Adieu, chérie!» «A demain,
Louis!» «Prenez bien garde au froid, les petits!»
On s'embrasse à pleins bras, à pleines lèvres et
à plein cœur. Froufrous et rires discrets dans
l'escalier; le bruit s'éloigne et la porte se referme.

— Voilà de bonnes gens, dit Asmodée.

Et nous descendons au premier.

Grand tralala, par ici. Salle immense, écla-
tante de lumière et bondée de petit monde. C'est
le « Salon pour mariages et fêtes », dépendant du
restaurant. La Société d'Alsace-Lorraine l'a loué
pour y célébrer la Noël de ses nationaux. A l'une
des extrémités, une estrade porte un vigoureux
sapin dont les branches plient sous le poids de
mille bougies allumées et de jouets de toute sorte,
et dont le pied est enfoui sous un monticule de
livres, de boîtes et de paquets. Autour de l'arbre,
un groupe nombreux de dames en toilette et de
messieurs en habit. Dans la salle, tout un peuple
de garçons, de fillettes et de mioches, surveillés
par leurs parents endimanchés. Un orateur majestueux, à cravate blanche et à barbe grise, de-

bout sur le bord de l'estrade, déclame les derniers
vers d'une poésie de circonstance :

> Non, mes enfants, l'exil ne peut être éternel...
> Dieu nous le dit lui-même en ce jour de Noël !

Tonnerre d'applaudissements et d'acclamations
d'autant plus nourris et sincères que ce discours
est le dernier du programme et que la distribution
des cadeaux va commencer.

— Est-ce que tu comptes recevoir quelque
chose? me demande Asmodée. Non ? Eh bien,
démarrons !

— Permettez, cher seigneur, nous avons encore à explorer l'entresol du restaurant, qui n'est
pas à dédaigner, s'il vous plaît !

— Mortdiable, tu as raison, j'allais oublier les
cabinets particuliers !

Couloirs étroits et compliqués, calfeutrés et
muets. Les garçons n'y séjournent pas : ils les
traversent rapidement, à pas de loup, et seulement quand un coup de sonnette les appelle.
N'étant retenus par aucune réserve professionnelle, nous y pénétrons carrément, et en un clin

d'œil mon obligeant démon volatilise les murailles.

Cabinet n° 1. — Un consommateur solitaire. A lui tout seul, il a soupé comme quatre, et maintenant il sirote son café, entouré de flacons de toute forme et de toute couleur. C'est un gastronome qui fait la fête à sa manière.

Cabinet n° 2. — Un couple : un jeune jouvenceau encore imberbe enlevé par une vieille garde maquillée comme un clown. Le michet naïf se rappelle vaguement la *Nuit de Cléopâtre* décrite par Théophile Gauthier, et admire sa beauté sur le retour, qui lui raconte sa jeunesse persécutée et son âme incomprise... Elle ne lui parle pas de son appétit, qui est rude, de sorte que l'addition sera salée.

Cabinet n° 3. — Encore un couple, mais un couple *vlan*, celui-ci. Cavalier séducteur et femme du monde. Après une longue résistance, on a consenti, pour une fois, à l'occasion de la Noël, à sonder les mystères du cabinet particulier. Le joli cavalier est fort à l'aise; la dame, inquiète, fait des manières.

Cabinet n° 4. — Vide, mais pas depuis longtemps, car le nid est encore chaud.

Cabinet n° 5. — En réparation.

Série de 6 à 15. — Rien de nouveau : répétition des précédents, avec variantes sans importance.

N° 16. — Ceci c'est mieux qu'un simple cabinet, c'est le salon fameux dans la chronique scandaleuse : c'est le célèbre *Grand-Seize*, brillamment connu dans les deux mondes. Le Grand-Seize est une pièce immense divisée en deux par une épaisse portière de tapisserie. D'un côté du rideau, c'est la salle à manger, de l'autre, c'est le salon. Au besoin, on réunit les deux sections en relevant les draperies et alors, c'est une salle de fêtes aussi vaste que celle de l'étage au-dessus.

Cette nuit on y réveillonne dur et ferme. Toute la haute gomme, le gratin, le persil, la fleur du panier des horizontales, sont attablés devant un festin de Balthazar. Toilettes ultra-tapageuses et convives idem. Le coup d'œil est d'ailleurs superbe de couleur et de fantaisie. De toute part, à foison, diamants et rubis, perles et topazes, plumes et fleurs, chevelures au vent, robes généreusement ouvertes, épaules veloutées, gorges neigeuses, bras engageants, visages animés, éclats de voix et de rire. Au centre de la table se dresse un merveilleux arbre de Noël dont les rameaux portent, en manière de fruits, des bijoux d'or et des pierreries qui seront le dessert des nymphes.

Mais voici que les draperies s'écartent et qu'apparaît un majordome précédant un plat phénoménal porté par quatre laquais. De longs hourras saluent ce coup de théâtre. Ce plat est un monstrueux coquillage de céramique, débordant de fleurs de toute sorte et au milieu duquel, sur un lit de feuilles de rose et dans le costume de l'innocence, est mollement étendue la plus célèbre des beautés à la mode, la blonde Léa, dite « la Mouche d'or ».

Cet épisode renouvelé des Grecs obtient un succès fou, et le petit duc Gaëtan, qui l'a imaginé, reçoit d'un air modeste les félicitations de ses collègues.

— Tout à fait charmant, un vrai régal pour les yeux, chuchote Asmodée à mon oreille; mais voici que le jour approche, et il faut encore que je te reconduise chez toi.

— Comment donc, Altesse, je suis tout à vos ordres.

— En route alors, et vivement; je dois être rentré au Tartare avant l'aube.

La vision splendide s'efface brusquement, et je me sens ressaisi par le tourbillon vertigineux qui m'a apporté tantôt. Mais il me paraît que mon brave diable, pressé par l'heure, veille moins attentivement à ses mouvements et à ma sécurité. Nous allons un train d'enfer et sans méthode. L'inquiétude envahit mon âme, je prévois des catastrophes... Pressentiment trop justifié, hélas!

Dans notre course échevelée, nous heurtons la Lune, et le choc me fait lâcher le manteau d'Asmodée... Je roule à travers les espaces interplanétaires, je tombe, je tombe, je tombe...

— Ben quoi, donc? Et c' gueul'ton, c'est-y pour aujourd'hui?

C'est la basse-taille de mon voisin Lestoquoy, le charron de Bougival.

— Hein? Où suis-je? Qui va là?

— Bon, à c't'heure, v'là qu'on ne r'connot pus l's amis, compère! Y est passé neuf heures; mais y fait si mauvais à marcher! Enfin, nous evlà tertous, tout d' même. Mais vous, père Durand, à m'n idée qu' vous avez fait un somme, pas vrai?

— Oui, je crois bien que j'ai un peu dormi.

LE

SAVETIER SANS SOUCI

LE

SAVETIER SANS SOUCI

— Cadilplanque !

Ce cri aux consonnances orientales, que nous entendions retentir tous les dimanches soir, signifie tout simplement, lorsqu'on le dégage des contractions, élisions et corruptions de la langue lilloise : « Léocadie, passe-moi la planche ! »

— Bon, nous disions-nous alors, voilà Bastien qui rentre : il est neuf heures.

Or, il faut que vous sachiez qu'aux alentours de l'an mil huit cent vingt, la plus large rue de la ville de Lille était la rue de Fives.

Au fameux bombardement, les canons des Kaiserlicks s'étaient chargés d'aérer convenablement ce vieux quartier; leurs boulets avaient montré à la municipalité ce qu'elle devait faire, et il paraît que, par extraordinaire, la leçon avait profité.

Bref, la rue de Fives était devenue une vaste voie
où l'air de la campagne arrivait à foison par-
dessus le rempart. C'était, de plus, une rue essen-
tiellement éclectique ; on y voyait de tout : de
grandes et riches demeures, et tout à côté des
maisonnettes de quatre sous qui semblaient se
blottir sous l'aile de leurs opulentes voisines ; et
puis il y avait les caves, qui presque toutes étaient
peuplées. L'endroit était donc populeux, si populeux que, quand survenait une algarade, en un clin
d'œil la rue était pleine : de tous les trous il sortait
des hommes, des commères ou des mioches.

La cave de notre maison, à nous, servait de
magasin aux épiceries : elle n'était donc habitée
que par des sacs de vergeoise, des tonnes de po-
tasse et des caisses de pruneaux ; mais celle de
notre voisin logeait son contingent de chrétiens :
elle avait pour locataire un brave homme de savetier qui, pour la joyeuseté, aurait rendu des
points à celui de La Fontaine. Comme il se nommait Sébastien Buisine, on ne l'appelait jamais
autrement que Bastien, et, par une équitable ré-
ciprocité, il appelait toujours Cadie, sa femme,
qui avait reçu au baptême le nom euphonique de
Léocadie.

Ce ravaudeur de vieux cuir avait une voix qui
faisait envie aux chantres de la paroisse, et une
mémoire à décourager Pic de la Mirandole ; de

cet heureux cumul il résultait que notre homme dégoisait des chansons du matin au soir en tirant son fil poissé, accroupi à la chinoise au bas de son escalier, dont, l'hiver venu, il protégeait l'entrée à l'aide d'un tambour vitré fort ingénieusement composé de vieux châssis récoltés çà et là.

C'était un drôle de paroissien que ce bonhomme, adroit et narquois, courageux et avisé. Dans son humble condition, il s'était improvisé une industrie qui faisait de lui une sorte de notable de troisième classe. Ses petites affaires, qui marchaient à son entière satisfaction, consistaient à recueillir les chaussures hors de service, à les rafistoler avec art, et à les revendre le plus avantageusement possible.

Chaque matin que Dieu allumait au firmament, le compère Bastien sortait de son trou, la pipe au bec, la casquette sur la nuque, un grand sac tordu sur l'épaule. Il s'en allait faire sa tournée en ville, tantôt dans un quartier, tantôt dans un autre. Ici, il achetait sa marchandise pour quelques sous aux valets ou servantes ; là, il la recevait gratis de bons bourgeois qui le protégeaient. D'une façon ou de l'autre, il rentrait vers les huit heures avec son sac gonflé de butin, avalait sa jatte de café au lait, après quoi il s'installait à son échoppe et bûchait en chantant jusqu'au passage de l'allumeur de réverbères.

A ce commerce, exercé avec persévérance pendant de longues années, il devait un saint frusquin respectable : il avait établi son fils cordonnier en neuf, dans la rue de Paris, et marié avantageusement sa fille à un facteur des postes. C'est assez dire que la famille était en voie de s'élever sur l'échelle sociale, qui est, comme chacun sait, la plus escarpée de toutes les échelles.

L'intérieur souterrain du bonhomme Bastien se ressentait naturellement des tendances artistiques et de la prospérité du ménage. Il se composait de deux cavernes contiguës : l'une, vers la rue, servait tout à la fois d'atelier, de cuisine, de salle à manger et de salon de réception aux maîtres du lieu ; l'autre, éclairée par un soupirail donnant sur la cour de la maison qui la surmontait, était la chambre à coucher. Toutes deux, soigneusement blanchies à la chaux, étaient d'une propreté méticuleuse. Mais la première n'était pas seulement propre, elle avait un aspect séduisant et gai qu'elle tirait des collections hétéroclites accrochées à ses murs. Les marchandises, outils et approvisionnements divers, relatifs à l'industrie du compère, occupaient, rangés dans un ordre sévère, la paroi longeant la rue. Le poêle et les ustensiles de ménage absorbaient le second côté. C'était sur les deux autres que se manifestaient les goûts et l'humeur originale de l'honnête savetier, qui avait accumulé là de vieux meubles à sculptures, épaves abandonnées par le flot révolutionnaire et ramassées dans les décombres, des armes faussées refourbies à l'huile de bras, des lambeaux de peintures proprement découpés et tenus par quatre clous, des boucles de ceinturon, des plaques de giberne, des chapelets de boutons d'uniforme, des boulets et des éclats de bombe, des estampes coloriées, des brimborions de toute forme et de tout acabit. Au centre de la cave se dressait la table à manger, en bois blanc, toujours écurée à fond.

Tel était le logis dans lequel Bastien et Cadie vécurent contents, joyeux d'humeur et sains de corps, pendant plus de trente ans, et où leur bonheur aurait vraisemblablement continué longtemps encore, sans un accident imprévu qui les fit déménager tous deux « les pieds devant ».

J'ai dit que Bastien était un homme méthodique dans ses habitudes. Il introduisait cette méthode en toute chose, jusques et y compris la beuverie. Il ne se grisait que le dimanche, rien que le dimanche, mais tous les dimanches, toujours à la même dose, sans plus ni moins, et réintégrait son domicile, neuf heures sonnant, dans un voluptueux état gris-perle qui lui rendait la jambe molle et l'âme vague. C'est pour avoir expérimenté à loisir les difficultés que la topo-

graphie particulière de son habitation opposait à
ce retour hebdomadaire, que l'ingénieux Bastien
avait conclu à la nécessité d'un *descenseur* méca-
nique. Hanté par cette idée, il s'était procuré une
planche qu'il avait attentivement rabotée, et ap-
pliquée à un double usage : en semaine, il s'en
faisait un plancher pour ses heures de travail, et
les dimanches soir la complaisante Cadie la dressait en pente, à son appel, sur les marches de la
cave, de sorte que le pochard n'avait que la peine
de se laisser choir pour glisser doucement jusqu'au niveau de son lit. « Cadie, l' planque ! » Ça
suffisait : la femme hissait la glissoire et l'homme
dégoulinait à frottement doux.

Mais il arriva qu'un certain dimanche, la pauvre
Cadie étant malade et alitée, ce fut une voisine
obligeante qui dut « mettre la planche » ; cette
femme, n'étant pas rompue à la manœuvre, mit
l'appareil de travers, et l'infortuné Bastien, tom-
bant lourdement à côté, se défonça le crâne sur
les pierres de son escalier. Il trépassa du coup, et
sa vieille compagne, qui en eut les sangs quasiment retournés, le suivit le lendemain matin dans
le royaume des cieux, où je me plais à penser que
la besogne des savetiers consiste à réparer les
baudriers des archanges et à remettre çà et là des
plumes neuves aux ailes des chérubins.

LA

LEÇON DE SAINT·ÉLOI

LA

LEÇON DE SAINT ÉLOI

———

Et pan, pan, pan ! Et pan, pan, pan !

Vendredi soir, à la nuit tombée, on bûchait encore ferme à la forge du père Martin, le vieux charron de Bougival-sur-la-Lys.

Et pan, pan, pan ! Et pan, pan, pan !

Là-bas, bien loin, au branchement des routes d'Estaires et d'Armentières, on voyait à travers le brouillard un trou ardent d'où s'échappaient des lueurs d'incendie : c'était comme un soupirail de l'enfer, au milieu des ténèbres de la campagne ; et le bruit des marteaux battant l'enclume arrivait, grêle et mat, aux oreilles des piétons qui cheminaient sous les ondées, le long des piésentes, dans les prairies, serrés dans leurs manteaux et se hâtant vers leurs demeures.

Et pan, pan, pan ! Et pan....

Dung ! Dung ! Dung !... Voilà la cloche fêlée de l'église qui sonne huit heures ; les marteaux se sont arrêtés net.

Mais le feu ne s'éteint pas et les forgerons ne s'en vont point. On a fini de bûcher et maintenant on va rigoler : maître Martin traite ce soir ses amis et ses compagnons, par la raison que c'est demain la fête du grand saint Éloi.

En un clin d'œil, cinq paires de bras subtils ont tout rangé contre les noires murailles, enclumes, tenailles, marteaux, cisailles, étaux, planches, essieux et roues, repoussé dans un coin les monceaux de bois et de vieille ferraille, balayé le charbon et les copeaux, accroché des lanternes, apporté tables et escabeaux ; et tout est déblayé et prêt quand arrivent les invités, trempés jusqu'aux os, crottés jusqu'à l'échine, et soufflant dans leurs doigts.

— Salut, père Durand ; bonsoir Lestoquoy, Tiberghien, Dupré, Bayart, Ducrocq ; bonsoir, tous les amis !

— Bonsoir, maître ! Un chien de temps ; le feu n'est pas de trop, assuré !

Et l'on s'empresse autour du fourneau que le maréchal ranime de deux coups de soufflet. On est bien, là, les mains tendues devant le rouge cratère ; le feu semble bon à tout le monde ; on se serre volontiers pour faire place aux nouveaux arrivants qui grelottent en riant du rire gelé de l'hiver. Au dehors, le vent hurle en passant au galop devant les huis ouverts, et précipite sa course furieuse à travers la campagne, où l'on dirait qu'une cavalerie innombrable charge des légions invisibles.

Le dernier convive est entré ; les forgerons démontent les travails en chantant, après quoi ils ferment la grande porte. Nous voilà chez nous.

Tout est clos ; le feu bourré de charbon crépite en dardant des centaines de flammettes bleues et roses ; sur la nappe blanche, où s'étalent les tartes et les gâteaux, la mère Martin vient d'apporter une grande soupière où fume la soupe au lard, le béton de l'estomac. Dans ces fumets réconfortants, chacun se sent bien et rit de contentement.

— Allons, les amis, à table ! crie le compère Martin.

La belle tablée que c'était là ! Une tablée à la Rembrandt, toute de robustes gens, de visages joyeux, avec la grosse mère Martin au milieu et à un bout la jolie Rose, sa bru, décolletée pour le bon motif et donnant le sein à son poupon ; les murs noirs de la forge pour fond, avec de larges et fortes ombres à travers lesquelles le fourneau jette par instants de rouges éclairs.

.   .   .   .

Deux heures plus tard, chacun ayant mangé et bu à sa suffisance, et les pipes étant allumées, la mère Martin s'en fut chercher un chaudron de vin au citron qu'elle mit au chaud sur le fourneau de la forge. Ça, c'était le grand coup pour boire en l'honneur du glorieux patron des Noirs. Et alors mes gens, le ventre et le cœur contents, et savourant à l'aise leurs bouffardes dans l'atelier bien chaud, se mirent à dire tout d'une voix : « Maintenant, il faut que le père Durand nous conte une histoire. »

Et c'est cette histoire que vous allez lire.

Au temps jadis, sur la route charretière qui reliait la mer à la forte ville de Lille, à l'angle du chemin de Prémesques, vivait un forgeron fameux qui n'avait pas son pareil pour raccommoder une cuirasse, remettre une lame à une poignée d'épée, forger un soc de charrue, ferrer proprement destrier de combat ou haquenée de noble dame. Que l'on fût en paix, que l'on fût en guerre, oncques ne chômait la forge de maître Taillefer, hormis les dimanches et fêtes, car il était bon chrétien. En temps de trêve, il n'avait point assez de ses douze compagnons pour entre-

tenir de bon fer battu les châteaux et censes du
pays ; en temps de batailles, fiers chevaliers et
rogues barons s'en venaient lui taper sur le ventre
pour obtenir cotte, gorgerin, dague ou fer de
lance confectionnés de sa main. Tant il y a que
la richesse lui advint avec l'honneur, et aussi,
comme il arrive souvent, la morgue avec la richesse. Son humeur joviale ne tarda mie à tourner à
l'aigre ; lui, qui s'était toujours montré juste et
bon envers tout chacun, se fit dur et méprisant
pour ses compagnons et apprentis, et un jour, le
succès lui monta si fort à la tête qu'il fit clouer
au linteau de sa forge cette orgueilleuse enseigne :

C'est ici la forge de Maître Taillefer,
Le maître des maîtres,
Le premier forgeron du monde.

Et quand il eut fait ce beau coup, il ne permit
plus à quiconque de lui parler sans le saluer de
ces titres pompeux.

— Le maître devient fou et mauvais, se
disaient tristement les compagnons entre eux ;
quel dommage, un si brave homme, un si
subtil ouvrier ! Allons, c'est un homme perdu !
Saint Éloi seul pourrait le tirer de là, et il n'y a
pas apparence qu'il vienne de si loin pour si peu !

Les choses en étaient là, et il y avait bel âge
que, dans la forge de Prémesques, le bruit cadencé

des marteaux n'était plus accompagné des chants joyeux et sonores de naguère, lorsqu'un soir un homme d'âge mûr et d'apparence athlétique, tenant sur son épaule un bâton au bout duquel pendait un paquet de hardes, s'arrêta devant la maison et se mit à considérer les forgerons au travail. Justement, en ce moment-là, maître Taillefer était occupé à battre une cuirasse destinée au seigneur du château voisin qui s'en allait en guerre pour exterminer les Sarrasins ou pour être exterminé par eux. L'homme regardait en fumant tranquillement sa pipe, mais la vue de ce spectateur silencieux suffit à exaspérer le maître de céans.

— Ne saurais-tu passer ton chemin, fainéant ? lui cria-t-il d'une voix courroucée. Nous prends-tu pour des bateleurs ou des bêtes curieuses ?

L'inconnu, au lieu de s'éloigner, tira respectueusement son bonnet de sa tête et sa pipe de sa bouche, et répondit :

— Daignez m'excuser, maître des maîtres, je cherchais le logis de maître Taillefer, et l'obscurité m'empêchant de lire votre enseigne, je vous regardais travailler pour savoir si je ne me trompais point. Maintenant je n'ai plus de doute : c'est bien ici la demeure du premier forgeron du monde.

— Oui, c'est moi, répondit Taillefer soudainement radouci ; qu'y a-t-il pour votre service, mon ami?

— Maître des maîtres, j'ai conçu, pardonnez à ma folle ambition, le désir de devenir votre compagnon, et j'ose solliciter la faveur de recevoir vos leçons.

— Oh ! oh ! Tu es ambitieux, en effet, mon garçon, mais j'aime les gens qui s'expriment honnêtement, et tu me plais. Or çà, que sais-tu faire ?

— Un peu de tout, maître des maîtres, et votre haute science m'apprendra le reste.

— C'est bien parler. Je t'accepte. Dépose ton paquet, ôte ta souquenille, et me donnes un échantillon de tes talents.

L'homme entra, salua poliment les compagnons qui le regardaient de travers, choqués qu'ils étaient de son obséquiosité, et s'approcha de la plus grosse enclume sur laquelle deux forgerons ébauchaient un coutre qu'un apprenti maintenait avec une tenaille. Ayant pris la pince des mains de l'enfant, il cracha trois fois sur l'enclume en disant : « Au nom du Père, du Fils et du Saint-Esprit », posa le fer rouge sur ses crachats, jeta la tenaille, saisit les marteaux des deux compagnons si ébahis qu'ils n'avaient seulement pas songé à dire *amen*, et se mit à marteler des deux mains le métal qui semblait collé au bloc.

— Que veut dire ceci ? s'écria maître Taillefer, stupéfait à ce spectacle.

— Vous vous gaussez de votre humble serviteur, maître des maîtres, répondit l'inconnu en lui présentant le coutre fabriqué ainsi en un instant ; vous n'êtes certainement pas sans connaître mieux que moi cette méthode ?

— Oui, oui, en effet, je l'ai pratiquée autrefois, mais elle est peu connue en ce pays de routine, de sorte que j'ai dû y renoncer... Je vois que vous êtes un bon compagnon.

Le lendemain, à la pointe du jour, il y avait grand vacarme devant l'illustre forge : c'était une troupe de cavaliers qui heurtaient rudement à la porte, réclamant à grands renforts de jurons le ministère du maître forgeron pour leurs chevaux déferrés par une longue traite et pour un chariot détraqué qu'ils avaient laissé à quelque distance, dans une fondrière.

— Voilà de l'ouvrage pressé, se dit maître Taillefer ; c'est le cas d'employer le procédé expéditif de mon nouveau compagnon.

Et il se mit à cracher sur les enclumes au nom de la Sainte-Trinité et à forger des deux mains ; mais il faut croire que sa salive n'était pas de bonne qualité, car elle ne sut retenir les fers, qui volèrent du premier coup à travers l'atelier, estropiant ceux qui s'y trouvaient. De sorte qu'au lieu d'aller plus vite, il ne fît rien qui valût et se priva de l'aide de ses ouvriers blessés, pendant que les seigneurs juraient plus que jamais en le traitant de brute et de malenpatte. Taillefer, tour à tour rouge de honte et blême de colère, se décida à éveiller le nouveau venu que la fatigue de la route avait retenu endormi sur son grabat. L'inconnu arriva en se frottant les yeux et en s'excusant, il examina la besogne, forgea en un tour de main les fers dont on avait besoin ; puis, tirant son coutelas, il s'en fut couper les pieds des bêtes à ferrer, les enferma dans l'étau, ce qui lui permit de faire la toilette des sabots et d'appliquer les chaussures promptement et parfaitement, et rajusta ensuite les pieds tout ferrés à chacune des bêtes, qui ne parurent point souffrir le moindrement de cette ablation momentanée. Les seigneurs, un peu étonnés d'abord, furent très contents quand tout fut fini, et payèrent généreusement le maréchal, qui, tout en faisant bonne mine à mauvais jeu, se sentait cruellement humilié au fin fond de lui-même.

Le nouveau compagnon, qui ne parut s'apercevoir de rien, offrit d'aller lui-même réparer le chariot, et se mit en marche avec les instruments et matériaux nécessaires. Il avait à peine disparu au tournant du chemin, que le châtelain de Prémesques s'en vint prendre des nouvelles de sa cuirasse, et la malchance voulut que son cheval butât devant la maison et se déferrât du coup.

— Bon ! ce n'est rien, messire, lui cria Taillefer du seuil de sa porte ; on réparera cela pendant que vous examinerez votre armure.

Et le châtelain ayant mis pied à terre, le maître forgeron s'approcha du cheval et lui trancha le jarret. L'animal poussa un hennissement de douleur et s'abattit ; et le gentilhomme s'étant retourné, entra dans une grande colère :

— Êtes-vous fou, forgeron, ou êtes-vous traître ? Faut-il vous attacher ou vous pendre ?

— Paix, s'il vous plaît, messire ; je sais fort bien ce que je fais.

Il mit le pied coupé dans l'étau et fit ce qu'il avait vu faire à son compagnon ; mais quand il voulut terminer l'opération, il n'y put parvenir : malgré ses efforts, les deux sections de la jambe ne se ressoudaient mie. Taillefer sentait sa tête s'égarer, il suait à grosses gouttes ; la pauvre bête continuait à perdre son sang, et le seigneur, pourpre de colère, tirait déjà sa dague, lorsque le compagnon étranger rentra à point pour sauver la situation. Il ramassa le pied que son maître avait laissé choir de désespoir, le trempa dans un seau d'eau, rapprocha les deux plaies, qui se soudèrent à l'instant, et recueillit avec une éponge le sang répandu, qu'il fit boire à la bête.

— Vous pouvez remonter en selle, messire, dit-il, et vous avez eu tort de vous mettre en colère ; vous avez troublé le premier forgeron du monde, qui, sans cela, aurait achevé l'affaire aussi bien et mieux que moi, n'est-il pas vrai, maître des maîtres ?

— Sans doute, sans doute, je n'aime pas à être dérangé quand je suis au travail.

Et maître Taillefer, plus troublé encore qu'il ne l'avouait, essuyait de ses mains tremblantes la sueur froide qui ruisselait sur son front.

A la suite de ces deux aventures extraordinaires, l'humeur du maître forgeron commença à s'amender ; sa morgue s'évanouit peu à peu, sa rudesse s'adoucit, il redevint plus humain et le métier se fit moins pénible pour ses vieux compagnons. Cependant ce n'était pas encore le retour complet à la joviale et franche vie commune d'autrefois ; un reste de vanité mettait encore un nuage sombre et froid entre le chef et les subordonnés. Quand au forgeron étranger, bien qu'il travaillât comme tout le monde et qu'il fût plus poli et plus soumis que personne, le maître ne parvenait pas à s'habituer à son visage ; il semblait gêné et humilié par sa présence.

Il y avait tantôt deux semaines que les choses allaient de la sorte, lorsqu'on annonça à son de trompe par tous les carrefours et pertuis le

prochain départ pour la croisade. Et tout aussitôt,
on vit accourir à la forge le sire de Prémesques
pour commander dare dare le complément de
son armure.

— Diantre, monseigneur, répondit Taillefer en
se grattant l'oreille, encore faut-il le temps de le
faire !

Le compagnon étranger s'approcha doucement :

— Maître des maîtres, que n'employez-vous le
procédé au mouillé, ce gentilhomme serait servi
de suite ?

— Hein? quoi? Ah ! oui, le procédé au mouillé.
Mon Dieu, oui, employons le procédé au mouillé.
Fais, mon garçon, fais !

Le nouveau compagnon remplit de vieilles
ferrailles un creuset qu'il enfonça dans le brasier,
puis il pria poliment le sire de se mettre tout
nu. Ensuite, l'ayant arrosé d'eau bénite, il retira
le creuset du feu et en versa soigneusement le
contenu sur les deux côtés du corps, pile et face.
Le métal en fusion déposa sur la peau naturelle
du gentilhomme une épiderme de fer que l'habile forgeron n'eut qu'à découper pour en tirer
les pièces d'une armure excellente et complète,
aussi collante que possible.

Le noble châtelain, dont pas un poil ne sentait
le roussi, était émerveillé, — et maître Taillefer

plus encore, bien qu'il s'efforçât de n'en rien
laisser paraître ; — il voulut à toute force emmener le compagnon à son castel pour bâcler en
deux temps l'armement de ses vassaux :

— Rien de superfin, vous savez ! Quelques douzaines de boîtes à sardines. L'affaire de deux
jours...

Mais pendant que le compagnon était au
château, voilà que le comte de Flandre arrive à
la forge avec toute sa cour, hauts barons, conseillers, nobles damoiselles, chevaliers, sergents
et hommes d'armes ; la route en était couverte
depuis l'hôtellerie de Wez-Macquart jusqu'aux
murs de Lille. Et le maître forgeron sentit renaître
tout son orgueil de naguère lorsqu'il vit le prince
arrêter devant sa porte son coursier chamarré
d'or et de pierreries, mettre pied à terre, aidé
par ses écuyers, et s'avancer avec majesté, en
appelant à lui maître Taillefer, le maître des
maîtres, le premier forgeron du monde.

— C'est moi, monseigneur, dit-il modestement
en fléchissant le genou.

— Relève-toi, forgeron, et me fais sur l'heure
une armure semblable à celle que tu as fabriquée
avant-hier pour mon vassal, le baron de Prémesques, ce dont j'ai ouï parler ce matin.

— Et mon bon compagnon qui n'est pas ici !
pensa Taillefer avec anxiété.

— Eh bien ! qu'attends-tu pour m'obéir ?

— J'obéis, grand prince, j'obéis.

Alors, sur les indications du pauvre homme ahuri, deux chambellans s'en vinrent déshabiller le souverain des Flandres sur le seuil de la forge, tandis que maître Taillefer fourrait son creuset au feu et manœuvrait vigoureusement son souflet.

Quand le prince apparut tout nu aux yeux de sa suite, un bruyant concert d'exclamations flagorneuses et courtisanesques s'éleva dans les airs, encore que le louangé fût laid, cagneux et bedonnant :

— Ah ! qu'il est beau, notre sire ! — La noble tournure ! — Quel abdomen distingué ! — Des jambes faites au tour ! — La galante fressure ! — C'est le divin Apollo ! — Dites plutôt Herculès, le demi-dieu !

C'est sur ce corps douillettement carressé de flatteries que maître Taillefer, tremblant et redoutant quelque nouvelle et terrible avanie, s'en vint déverser une écuelle d'eau bénite, puis le redoutable contenu de son creuset rutilant.

Au contact de l'eau froide, quoique bénite, le prince avait frissonné ; mais quand le fer fondu toucha sa chair, il se mit à hurler comme un simple croquant, à rugir comme un damné, bondissant, se tordant, se roulant par terre, bavant de rage et de souffrance.

— Oh ! la ! la ! A moi ! Trahison ! Je suis mort !

— A mort le traître ! crièrent les écuyers, barons et hommes d'armes, en accourant épées et dagues au poing.

— Tout doux, messieurs, tout doux ! objectèrent les conseillers du prince moribond qui continuait à se débattre en râlant dans le ruisseau. Tout doux, la mort par le fer est un châtiment insuffisant pour un forfait aussi monstrueux. Emmenez cet homme à la prison de Lille, garrottez-le de bonnes chaînes ; nous autres, gens de justice, nous inventerons à son intention un petit supplice dont la postérité se léchera les badigoinces.

Déjà les rudes piquiers commençaient à ficeler comme saucisson le pauvre forgeron si pâle et si ballottant qu'il semblait près de rendre l'âme, lorsque le compagnon étranger revint du château de Prémesques.

En le voyant, maître Taillefer parut renaître à la vie ; il l'appela à son secours avec des regards suppliants, en lui montrant le prince à moitié carbonisé qui ne bougeait déjà presque plus. Les courtisans et les officiers, curieux et effarés, remplissaient la forge, couvraient la route et les champs à perte de vue ; les plus éloignés montaient debout sur leurs chevaux pour apercevoir quelque chose.

— Que voulez-vous que j'y fasse, maître ?
répondit le compagnon d'une voix étrange qui
résonna au loin comme le fracas des bombardes.
Que voulez-vous que j'y fasse, moi, simple compagnon ? N'êtes-vous pas le maître des maîtres,
le premier forgeron du monde ?

Taillefer, accablé, baissa la tête, maudit tout
haut son sot orgueil et se frappa la poitrine
en demandant pardon à Dieu et à saint Eloi.

A ce nom, le compagnon sembla grandir tout
à coup de plusieurs coudées ; son visage prit
une beauté surhumaine et une auréole flamboya
autour de son front.

— C'est bien, dit-il, tu t'es repenti ; voici le
moment que j'attendais. Regarde, et n'oublie
plus que le seul maître des maîtres est le seigneur
Dieu, et que le premier forgeron du monde est
son serviteur Eloi !

Alors l'étrange compagnon jeta à son tour de
l'eau bénite sur le corps du comte de Flandre,
qui se releva sain et sauf en époussetant de ses
mains sa croûte de chairs brûlées qui s'en fut en
poussière ; et il reprit le creuset pour recom-
mencer lui-même l'opération ; mais le prince
l'arrêta d'un geste gracieux :

— Merci, bien obligé, dit-il poliment.

— Comme vous voudrez, répondit le surna-
turel compagnon avec simplicité.

Puis ayant fait son paquet et repris son bâton, pendant que le comte de Flandre remettait ses chausses, il sortit de la forge et se perdit dans la foule respectueuse.

Tout le monde comprit alors que c'était saint Eloi en personne, l'illustre apôtre des Flandres et le patron des Noirs, qui était descendu du Paradis pour donner une leçon aux humains orgueilleux en général et au forgeron de Prémesques en particulier.

Maître Taillefer et ses compagnons et les paysans qui se trouvaient là se mirent à jeter leurs bonnets en l'air en criant : « Vive saint Eloi ! Grand saint Eloi, priez pour nous ! Hourra pour saint Eloi ! »

Les courtisans ayant vu du coin de l'œil que le bienheureux était déjà loin, jugèrent plus conforme à leurs intérêts de crier : « Vive le comte de Flandre ! Longue vie au comte de Flandre ! Hourra pour le comte de Flandre ! »

De sorte que tout le monde s'en alla content...

DEUX HEURES DANS LES CATACOMBES

DEUX HEURES DANS LES CATACOMBES

Nous nous sommes fameusement amusés, allez !

Si vous êtes fort en arithmétique, calculez la dose d'amusement qu'il peut bien falloir pour infliger une courbature universelle à un homme de cinq pieds huit pouces, quelque peu ventripotent, mais encore vert... Vous verrez qu'il en faut beaucoup. Eh bien ! il paraît que j'en ai absorbé tout autant, car je suis encore moulu au point de ne pouvoir remuer ni pied ni patte sans faire la grimace.

Oui, nous nous sommes fameusement amusés !

Où et comment, c'est ce que je vais avoir l'avantage de vous dire.

Dans le courant de la semaine, j'avais eu la bonne fortune de rencontrer l'un des hauts dignitaires de la Société de Géographie, et comme je

l'abordais avec les marques de la considération la
plus distinguée, il se mit à me parler avec bonté :

— Nous allons dimanche visiter les catacombes
de Lezennes, me dit-il ; êtes-vous des nôtres, cher
ami ?

— Un avant-goût du cimetière... Histoire
d'aller chercher sa contremarque ? Hum ! non,
merci.

— Farceur ! Allons, laissez-vous faire. Je vous
assure que ce sera très amusant.

— Combien serez-vous ?

— Vingt au plus. Est-ce dit ?

— Allons, soit.

Mais en trois jours il paraît que ces vingt-là
avaient pondu comme des phylloxéras, car ils
étaient bien deux cents, réunis devant l'église de
Lezennes, au moment où j'arrivai au rendez-vous.
Deux cents aussi panachés que possible : des messieurs, des dames, des demoiselles, des vieillards,
des collégiens, des enfants ; cohue bizarre, confuse
et bruyante au milieu de laquelle le dignitaire
dont je viens de parler et d'autres dignitaires
de même grade s'efforçaient en vain de mettre
quelque chose qui ressemblât à de l'ordre. Ces
hommes courageux, mais impuissants, avaient
pourtant des dehors faits pour inspirer le respect :
chaussés de bottes formidables, drapés dans des
manteaux imposants, le feutre audacieusement

collé sur l'oreille, ils parlaient peu, mais ils parlaient bien, comptaient et recomptaient leurs
troupes sans trahir, par aucun signe extérieur, le
désespoir que leur causait la multiplication continue et phénoménale de leur effectif. Les groupes,
en se mêlant sans cesse, faisaient des opérations du
recensement une affaire presque aussi embrouillée
que la question du Tonkin ; néanmoins les trois
pèlerins en chef avaient déjà recommencé trente-
deux fois leurs calculs avec une patience digne des
Danaïdes, lorsqu'une détonation soudaine annonça aux flâneurs lezennois arrêtés devant ce
spectacle extraordinaire que la patience des gé-
néraux venait de sauter :

— Ah bien ! zut, alors !!

Les trois chevaliers qui se partageaient le commandement convinrent dès lors de diviser cette
armée hermaphrodite en trois tas, au juger, qui
pénétreraient dans les entrailles de la terre par
trois anus différents.

— Bon, dit l'un, en voilà à peu près cinq
douzaines — c'est juste ma consommation dans
les mois qui ont un R ;—coupez ici, coupez, allons,
coupez donc ! c'est ça. Et maintenant, par le flanc
droit, marche !!

La Providence, dont les vues sont impénétra-
bles, m'avait placé dans cette première bourriche.
Vous dire que j'y étais à l'aise serait exagéré.

Tous mes voisins étaient hérissés d'instruments
étranges, boudins de résine longs comme des hal-
lebardes suisses, bâtons terminés par des lampions
au pétrole ou à l'huile de colza, paquets de chandelles, bougies supérieures, ballots de pièces d'artifices, pipes, cigares, victuailles, ombrelles, pa-
rapluies, cannes de montagne, etc., etc., dont je
trouvais toujours quelques-uns en contact intime
avec mon habit et mes divers organes, graissant
l'un et mutilant les autres.

— Morbleu, jeune homme, tenez-vous absolu-
ment à fourrer votre torche dans le coin de mon
œil? — Mademoiselle, ne pensez-vous pas que
votre parapluie serait mieux appuyé par terre
que dans ma poche? — Potache de mon cœur,
vous prenez mes bottines pour un paillasson. —
Madame, je sors de table, pourquoi vous obstiner
à me bourrer de suif? — Monsieur, les étincelles
de votre pipe tombent sur vos munitions. — Mon
petit, si ton papa t'a défendu de fumer, ce n'est
pas une raison pour cacher ton gros cigare sous
ma redingote...

— Allons! en route! interrompt la voix mâle
de notre chef de colonne.

La masse s'ébranle enfin.

Nous pénétrons dans une petite maison blanche
et proprette, sise dans un coin de la Place. Dans
cette petite maison est une petite pièce, et dans

cette petite pièce un petit meuble appliqué au
mur. Une gentille petite demoiselle ouvre une
petite porte dans ce petit meuble que, de prime-
abord, je prends pour une table de nuit.

— Que diable va-t-elle chercher là-dedans?
me demande mon voisin.

— Dame, une précaution pour le voyage, je
suppose!

La jeune fille tient la petite porte ouverte et
attend.

— Allons, messieurs, dit-elle avec un sourire
charmant, donnez-vous la peine d'entrer !

Personne ne bouge. La stupeur est générale,
une stupeur proche parente de la consternation,
et l'esprit de révolte insinue son picrate dans les
âmes :

— Qu'est-ce que c'est que ça?

— C'est l'entrée de la cave, messieurs.

— Morbleu! sacrebleu! ventrebleu! Il faut
entrer dans cette boîte? Plonger dans cette tabatière? C'est la route, ça? Vous badinez !

« Eh bien! là-bas, en tête, marchez donc!
Qu'est-ce vous f... faites-là ? »

La voix mâle du colonel! Diantre, il ne s'agit
pas de lanterner. Je fais « Au nom du Père » et,
en retenant ma respiration pour m'amincir, je
risque une patte, puis l'autre, je me courbe, je me
tors en Z, je me tirebouchonne... Passerai-je, ne

repasserai-je pas ? Je sens que des personnes charitables me tirent par les pieds pendant que d'autres me bourrent par les épaules... Je passe — ou du moins, la majorité de mon individu, — car le bord de la tabatière a retenu la moitié de mon paletot et la totalité des boutons de mon gilet. Je glisse à frottement dur, entre les parois du boyau, les degrés d'une échelle et quelques rayons huileux où les habitants ont coutume de remiser leur luminaire. J'arrive sans blessure grave à un sol relativement plat : c'est la cave, où trois guides nous attendent.

— Attention à la trappe, monsieur !

Et l'honnête garçon, baissant son falot, me montre une manière de puits béant à mes pieds. Miséricorde, il est encore plus étroit que la table de nuit.

— Prenez bien garde, ajouta-t-il, l'escalier est détestable et la première marche est très bas.

Elle est si bas, en effet, que mes pieds ne peuvent y atteindre. Je fais noblement le sacrifice complet et je me mets à ramper sur ce qui me reste de vêtements, pendant que le goulot supérieur continue à vomir les flots d'une foule compacte et impatiente.

— Y êtes-vous, monsieur ? Voici votre lampe.

J'y étais, ou à peu près. L'escalier, si on peut donner ce nom civilisé à des escarpements imprévus et sommaires, tourne dans ce puits comme dans une tourelle en ruines. J'ai comme un vague souvenir d'y avoir trébuché soixante-trois fois, ce qui correspond sans doute à soixante-trois marches. Après quoi, je me suis trouvé sur un éboulis boueux où une aimable jeunesse m'avait précédé. Cette demoiselle, dont les traits me parurent enchanteurs, était une des *cultivatrices* de ce Tartare.

L'explication de ce mot, je vais vous la donner tout de suite. Aux endroits les plus spacieux de ces souterrains, on cultive maintenant des chicorées, comme on y cultivait jadis des champignons. Il y a là de nombreux et superbes champs de salade...

— Qu'est-ce là, monsieur? me demande une jeune dame que le hasard de la dégringolade fait rouler près de moi.

— C'est le cimetière des capucins, mon enfant.

— Horreur! il y a des capucins enterrés ici?

— Enormément. Tenez, voyez toutes leurs barbes qui dépassent!

Une voix qui semble venir du ciel par l'orifice d'un cruchon, annonce «qu'y en a pus» et «qu'on ferme la trappe. »

— Allumez... orches! commande la voix mâle du colonel.

Aussitôt une vive lumière remplace le funèbre

crépuscule des lumignons, et nous apercevons
distinctement les détails du lieu où nous patau-
geons. C'est une caverne d'une centaine de mètres
carrés, je devrais plutôt dire de mètres biscornus,
car dans la chambre que j'ai sous les yeux on cher-
cherait vainement par terre, au plafond ou sur
les parois, une place unie seulement large comme
la main. En bas, en haut, sur les côtés, ce ne sont
qu'anfractuosités, ressauts, trous, gibbosités et
cloaques. Une miniature du chaos. Cette anti-
chambre des catacombes, en se resserrant à quelque distance devant nous, forme l'entrée de ce
que j'appellerai, faute d'un autre mot, une *galerie*
tantôt large, tantôt étranglée, tantôt assez élevée,
tantôt basse au point de nous obliger à marcher
accroupis. La lumière des torches, impuissante à
pénétrer dans les cavités profondes et les embranchements qui trouent à chaque pas les murailles
naturelles entre lesquelles nous cheminons clopin-
clopant, suffit pourtant à nous montrer la nature
de la roche qui nous entoure : partout le calcaire
mou et jaune qui a fourni, pendant un grand
nombre de siècles, des moellons aux maçons
lillois, pierre qui tourne facilement en craie
lorsque l'air l'a desséchée, mais qui, ici, en pleine
période de pluie, dépose sur nos individus une
belle couche de mortier frais.

Mais qu'est-ce que ça fait, quand on s'amuse !

Le colonel prend la tête de la troupe, un brandon au poing, et flanqué de notre guide féminin.

— En avant !

La procession commence. Pendant quelques minutes, ça ne va pas trop mal, hormis quelques glissades sur les gravats humides et quelques renfoncements opérés sur mon crâne par les caprices désordonnés de la voûte.

Voici que les parois s'écartent largement ; c'est une nouvelle *chambre*, comme l'autre, d'une figure tout à fait étrangère à la géométrie. Elle est formée par l'entrecroisement de plusieurs petites galeries secondaires dont j'aperçois çà et là les entrées obscures et qui mènent... le diable sait où. L'industrie enragée des maraîchers de Lezennes, qui s'est emparée de tous les coins utilisables de ces régions infernales, a installé ici deux jardins potagers entre lesquels nous passons à la file indienne et que notre guide recommande à toute notre honnêteté.

— Nous sommes toujours sûrs de ne pas mourir de faim, remarque obligeamment une demoiselle qui aime la salade.

— Ça, c'est *la* légume, ajoute un réaliste en me regardant ; comme viande, nous mangerons le plus gras d'entre nous.

— Oui, mon garçon, mais avant d'en venir là, nous appellerons du secours à l'aide les sifflets que nous aurons faits avec les os des maigres.

Les échos de ces lieux lugubres répètent d'une voix cassée les éclats de rire de la bande, qui continue à cheminer avec la grâce des limaçons.

« Baissez-vous ! » crie la voix mâle. Nous abordons, en effet, un passage pénible : devant nous, le sol monte brusquement pour aboutir à un banc massif qui nous barre la route et que perce une étroite ouverture de trois pieds de haut. Ce goulet n'est pas bien long, mais comme il faut y avancer à la manière des serpents, il nous paraît aussi interminable qu'un jour de pluie. Pour combler notre infortune, le cri « halte ! » retentit pendant que nous y sommes engagés. Nous attendons avec une patience angélique, à demi asphyxiés par la fumée des torches et des lampes qui remplit ce corridor d'un nuage épais et immobile, accroupis sur nos talons, suant et soufflant, inquiets de ce qui se passe en tête de la colonne. Enfin, au milieu du silence mortuaire, des éclats de colère se font entendre : c'est la voix mâle du colonel qui morigène des conscrits étourneaux qui ont voulu « faire une mauvaise farce ! » Une mauvaise farce ! Sapristi, est-ce que ce n'en est pas une fameuse que ce voyage de taupes ? Il y a des gens qui ne sont jamais contents !

La marche reprend. Nous sortons enfin de notre souricière, et nous arrivons sous un des anciens puits d'extraction, abandonné depuis trois ou quatre cents ans. La voûte s'y relève en un grand dôme au haut duquel nous voyons filtrer le jour par les fentes des planches qui le ferment. Maheureusement, il n'y a pas que le jour qui filtre ; les terres profitent de l'occasion pour dégorger à leur aise l'eau qu'elles ont emmagasinée pendant les derniers ouragans. Une cascade invisible fait entendre dans l'ombre un sourd fracas, la voûte éparpille sur nous une pluie abondante, les pierres pleurent par tous leurs pores, et nos pieds s'enfoncent dans une crème profonde et moelleuse. C'est dans cette position originale que l'on a la bonne pensée de nous convier à une nouvelle halte pour admirer des effets de feux de Bengale verts. Touchante attention. Très curieux, les feux de Bengale verts, dans cet antre sauvage et désordonné. Seulement, ils font une fichue fumée, les feux de Bengale verts, et comme il n'y a aucune ouverture... l'état-major n'y a pas songé, c'est un malheur... Et la bande tousse, tousse, tousse à expectorer ses intestins.

— On crève, ici, en avant, milliard de tonnerres !

Le chef a entendu nos clameurs de détresse, on repart en pétrissant le sol spongieux qui jute bruyamment sous nos pas.

— Il y a des pierres à gauche, passez dessus, mesdames, crie de loin la voix mâle.

Une torche nous montre en effet, le long de la paroi de gauche, des quartiers de roche posés dans le lit du ruisseau souterrain qui nous sert de route. Avec un peu d'audace et beaucoup d'adresse, un clown réussirait certainement à y passer à pieds à peu près secs. Une jeune dame tente l'aventure, glisse aussitôt et s'aplatit consciencieusement.

— Pile ou face ! demande un potache sans galanterie.

— Face ! répond un autre.

Il n'est que trop vrai : l'infortunée semble sortir des cabines de Saint-Amand. On la racle tant bien que mal et l'on se hâte de rejoindre l'avant-garde qui a pris les devants sans se douter de l'accident.

La galerie que nous suivons continue à zigzaguer, étroite, basse, étouffante, encombrée de pierrailles, coupée de fondrières, au milieu d'un véritable chaos de blocs qui semblent avoir été bouleversés, crevassés, troués, par un tremblement de terre. A chaque instant apparaissent les gueules noires d'embranchements inconnus ou de gouffres au fond desquels on entend l'eau ruisseler.

Il y a une bonne heure que nous tournons dans ce labyrinthe souterrain, et je commence à en avoir assez pour ma consommation.

— Sommes-nous encore loin de la *prairie*, dis-je à un guide qui me dépasse pour aller rejoindre le colonel. (La *prairie*, c'est la principale chambre, où l'on doit se reposer en écoutant une petite conférence promise par un professeur de géologie).

— Moitié route, à peu près, monsieur.

Pas consolant, ce guide.

Heureusement, un incident nouveau vent interrompre le cours de mes tristes méditations.

— Voilà le peloton n° 2 !

Nous sommes devant une des nombreuses communications des caves particulières avec les catacombes (une grande partie des maisons de Lezennes ont des issues plus ou moins commodes dans ces souterrains). Celle-ci ne paraît pas commode du tout, pas plus commode que celle par laquelle nous avons passé. L'endroit où elle débouche est un carrefour présentant, comme presque tous les points de ces sombres lieux, l'image du désordre chaotique.

Nos consorts en exploration géologique dégringolent un à un d'une espèce de cheminée, salués à leur apparition par les hourras de mes compagnons, et d'autant plus ahuris de cette réception fantastique qu'on vient d'allumer dans un coin un feu de Bengale rouge. Dans cette lumière sanglante, avec nos torches et nos bâtons à lampe, harniturés comme nous le sommes, nous devons

représenter assez bien une légion de diables faisant patrouille dans les enfers.

Un éclat de rire retentissant accueille l'arrivée
d'une manière de chauve-souris qui tombe de la
cheminée, ailes déployées : ce volatile monstrueux est un monsieur qui, ayant manqué la première marche, a piqué un ventre et fait une entrée
horizontale. Par bonheur pour lui, le sol est moel-
leux; il en est quitte pour une forte émotion et
une teinture générale à l'épreuve de la brosse.

Tout à l'heure nous étions cinq douzaines, maintenant la grosse est complète, ce qui ne contribue
pas précisément à accélérer le mouvement.

Les zigzags succèdent aux zigzags, les galeries
basses aux galeries hautes, les étroites aux larges,
les gouffres aux entassements de blocs ; voici
encore des cimetières de capucins, et de vieux
puits d'extraction, et des ruissellements invisibles, et des carrefours sauvages, et des profondeurs mystérieuses, et des fourches caudines qui
nous obligent à marcher courbés en F. De temps
en temps, on s'arrête pour examiner des inscrip-
tions poinçonnées dans la roche par quelque tou-
riste mystificateur ou gogo :

« A Virginie pour la vie » — avec deux cœurs
traversés par la même flèche ; « Pierre Lefebvre,
1842 » ; « Joseph Bertrand et Louise Bertin » ;
« La famille Dutrieux » ; « Douze bons vivants,
1860 » ; « A toi mon cœur, Arsène ! » ; « Lasciate
ogni speranza, voi ch'entrate... » ; « Polydore
Marasquin s'est perdu ici et y est mort de faim,
le 4 juillet 1877; prévenez sa femme et son no-
taire » ; « Flûte pour les Prussiens » ; « César et
Octavie » ; « Polisson d'Oscar » ; « Léocadie, je
t'aime ! », etc., etc. On pourrait en emplir des
pages, qui ne seraient pas toutes drôles. Ce qui
est plus intéressant, ce sont les stalactites en
formation ; j'en découvre qui sont déjà longues
comme le doigt, les unes blanches, d'autres for-
tement colorées en jaune. On en verrait beaucoup et de très belles, ce qui donnerait aux
grottes un aspect bien plus curieux, si les excur-
sionnistes ne les brisaient point pour s'en faire
des reliques. Çà et là aussi, j'aperçois dans les
parois ou dans les voûtes, des traces de fossiles,
entre autres des ammonites de grande taille. Je
voudrais bien en rapporter un échantillon, mais,
vertuchou, j'aurai bien assez de peine à me rapporter moi-même : je marche comme un auto-
mate, suffoqué par la fumée et la chaleur, les
yeux en larmes, les membres et les reins endo-
loris, la sueur ruisselant de partout et coulant de

mon nez comme d'une gouttière. Avis aux hydro-
piques.

— Voyez ça, monsieur, murmure un guide,
c'est ce qu'il y a de plus remarquable ici !

C'est en effet un endroit bien curieux. Figurez-
vous une succession infinie (ou qui semble telle)
de rideaux de pierre percés d'ouvertures irré-
gulières, mais assez nombreuses pour permettre
à l'œil d'apercevoir dans un lointain plein de
ténèbres les évolutions d'une troupe armée de
torches, qui est vraisemblablement notre peloton
n° 3. C'est un spectacle étrange, dans un lieu
plus étrange encore ; une vraie scène de mélo-
drame.

— Et la *prairie*, guide ? J'aimerais encore
bien mieux voir la *prairie !*

— Encore un petit quart d'heure, monsieur.

— Maladie ! Mais voilà deux heures que nous
rampons comme des larves, nous, les premiers
descendus !

— Oh ! si vous vouliez aller jusqu'à Sainghin,
vous en auriez pour une journée.

— Mon ami, Sainghin est certainement un
joli port de mer, mais quand j'irai, je vous fiche
mon billet que ce ne sera pas par ici.

— Vous êtes las, monsieur ?

— C'est-à-dire que je suis à l'état visqueux :
il faudra me renvoyer à Lille en tonneau.

— Moi j'en ai assez aussi... Payez-vous la goutte ?

— La goutte ? Je paierais un lac pour être dehors !

— Minck !... arrivez !

— Mon homme tourne à droite, vers un endroit goulet, traverse tout un couvent de capucins, enfile une galerie latérale où déjà les cris et les rires de nos ex-compagnons n'arrivent plus que comme un bruit confus et étouffé ; puis nous nous engageons dans un embranchement qui aboutit à un couloir en pente où des bouffées d'air frais viennent frapper mon visage ; un trou grisâtre apparaît devant nous... Hosannah ! C'est le ciel des oiseaux et le plancher des vaches !

En deux minutes nous émergeons dans une pâture, où un chien nous reçoit fort mal, et cinq minutes après nous entrons à l'estaminet de la *Mairie,* où l'on nous reçoit fort bien.

— Compère, une chaise, une éponge, et deux potées de Wambrechies !

Ah ! que la Providence a bien fait de donner à nos pieds des suppléants capitonnés, et qu'il est doux de contempler — assis — la robuste jeunesse se livrant au noble exercice du *cat-à-pleumes...* « Pro patria ludus », ô immortel Puvis !

— Et comme ça, monsieur, vous venez de là-
dessous ?

— Eh ! oui, compère, comme vous voyez.

— Et qu'est-ce que vous en dites ?

— Ah ! nous nous sommes fameusement amusés, allez !

TABLE

———

VERLY, DUBAR & CIE.-IMP. LILLE

OUVRAGES DU MÊME AUTEUR :

LES

CONTES FLAMANDS

1 vol. grand in-8°

ILLUSTRÉ DE 170 DESSINS ORIGINAUX DE JUST

(Plon, Nourrit & Cⁱᵉ, éditeurs, Paris)

SPADA-LA-RAPIÈRE

Mœurs et aventures en Flandre

A L'ÉPOQUE DES GUERRES DE RELIGION

(Sandoz & Thuillier, éditeurs, Paris)

1 vol. in-18 .

LES

GENS DE LA VIEILLE ROCHE

1 vol. in-18

(Calmann-Lévy, éditeur, Paris).

LILLE, IMPRIMERIE VERLY, DUBAR & Cⁱᵉ, GRANDE-PLACE, 8

www.ingramcontent.com/pod-product-compliance
Lightning Source LLC
Chambersburg PA
CBHW071844020726
47502CB00003B/593